U0088078

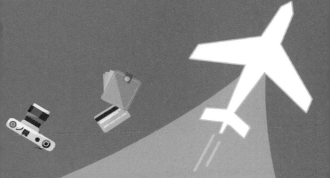

背包客 基本要會的
日語便利句

國家圖書館出版品預行編目資料

背包客基本要會的日語便利句 / 雅典日研所編著--
二版 -- 新北市：雅典文化,
民111. 04　面；　公分. --（全民學日語；68）
ISBN 978-626-95467-6-3（平裝）

1. CST: 日語 2. CST: 自助旅行 3. CST: 會話
803. 188　　　　　　　　　　111001919

全民學日語系列 68

背包客基本要會的日本便利句

編著／雅典日研所
責任編輯／許惠萍
內文排版／鄭孝儀
封面設計／林鈺恆

掃描填回函
好書隨時抽

法律顧問：方圓法律事務所／涂成樞律師

總經銷：永續圖書有限公司
永續圖書線上購物網

www.foreverbooks.com.tw

出版日／2022年04月

雅典文化

22103　新北市汐止區大同路三段194號9樓之1
TEL　（02）8647-3663
FAX　（02）8647-3660

出
版
社

基本用語篇

我叫做～ 015

是／不是 017

我從～來的 019

初次見面您好 021

不好意思、對不起 023

我～幾歲 025

你們家有幾個人？ 027

我已經結婚了 029

喜歡～ 031

興趣是～ 033

沒有～過 035

有 037

有 039

去 041

來 043

回去 045

明天見 047

多謝關照 049

好久不見 051

多虧、託～的福 053

交通篇

一天有幾班飛機？ 057

請問一個人的行李可以到幾公斤？ 059

能帶上飛機嗎？ 061

請給我靠窗座位 063

請問已經結束用餐了嗎？ 065

來訪的目的是？ 067

請問是甚麼職業？ 069

大概要待多久？ 071

打算住在哪裡？ 073

～車站在哪裡？ 075

麻煩到～ 077

麻煩給我到～的車票 079

請給我～張 081

可以取消這張車票嗎？ 083

甚麼時候發車？ 085

大約要多久才會到？ 087

不好意思，這裡是我的位子 089

要在哪一站換車呢？ 091

把東西忘在列車上了 093

還來得及嗎？ 096

住宿篇

請問有雙人房嗎？ 099

請問有兩間空的單人房嗎？ 101

住一晚多少錢？ 103

我要這個房間 105

我想要預約房間 107

我的房間是幾號？ 109

我想要check in 111

可以使用無線網路嗎？ 113

請問住宿有附餐點嗎？ 115

早餐從幾點開始？ 117

可以叫我起床嗎？ 119

請問可以換房間嗎？ 122

可以幫我保管行李嗎？ 125

鑰匙忘在房間裡了 127

衛生紙沒有了 129

想要多住一天 131

可以給我相鄰的房間嗎？ 133

這飯店的附近有～嗎？ 135

我要叫客房服務 137

浴室沒有熱水 139

Part
4

購物篇

請問有在找甚麼嗎？ 143

～多少錢？ 145

有沒有～呢？ 147

有打折嗎？ 149

有含稅嗎？ 151

請問可以試穿嗎？ 153

請問更衣室在哪裡？ 155

這個有點不太合我的身 157

很合身 159

有沒有大一點的呢？ 161

有其它的尺寸嗎？ 163

有其它的種類嗎？ 165

請問有其它的顏色嗎？ 167

有點貴 169

有便宜一點的嗎？ 171

可以算便宜一點嗎？ 173

超出預算了 175

請給我～ 177

我要～ 179

我要買～ 181

不買了 183

要用刷卡付帳 185

請分開包裝 187

請給我收據 189

錢好像算錯了 191

賞味期限到甚麼時候？ 193

請問可以退貨嗎？ 195

營業時間從幾點到幾點？ 197

這個是哪裡製的？ 199

可以給我多的紙袋嗎？ 201

用餐篇

請問有幾位？ 205

請問是內用嗎？ 207

請給我菜單 209

麻煩我要點餐 211

推薦的是甚麼？ 213

這個是哪國的料理？ 215

這個是套餐嗎？ 217

請問要點甚麼飲料？ 219

要點甚麼甜點？ 221

我不能吃～ 223

請不要放入～ 225

能幫我把這個打包嗎？ 227

這個料理會辣嗎？ 229

這個料理是幾人份的？ 231

請給我大碗的飯 233

白飯可以續碗嗎？ 235

請再給我一個盤子 237

麻煩幫我結帳 239

我想要預約 241

大約要等多久？ 243

看病篇

怎麼了？ 247

～痛 249

好像感冒了 251

身體的狀況不好 253

想吐 255

受傷了 257

流血 259

去看醫生 261

有帶健保卡嗎？ 263

你想要掛哪一科？ 266

請躺下來 268

抽血檢查 270

量體溫 272

發燒 274

這個藥的服用方法是？ 276

多久會好？ 278

請好好休息 280

可以幫我叫救護車嗎？ 282

需要動手術嗎？ 284

甚麼時候可以出院？ 286

綜合狀況篇

這個是甚麼？ 289

廁所在哪裡？ 291

麻煩將台幣兌換成日幣 293

可以請你幫我拍張照嗎？ 295

這裡可以拍照嗎？ 297

我的～不見了 299

迷路了 301

這裡是地圖上的哪裡？ 303

這裡有名的東西是甚麼？ 305

PART 1

基本用語篇

▶我叫做～

わたし
私は～です

wa.ta.shi.wa./de.su.

說明 對第一次見面的他人用來做自我介紹、表明自己身分的用語。而「申します」為更禮貌用法。

•會•話•

Ⓐ すみませんが、お名前は？

su.mi.ma.se.n.ga./o.na.ma.e.wa.

不好意思，請問你是？

Ⓑ 私は林です。

wa.ta.shi.wa.ri.n.de.su.

我姓林。

•會•話•

Ⓐ お名前は？

o.na.ma.e.wa.

請問你是？

Ⓑ 私は楊と申します。

wa.ta.shi.wa.yo.u.to.mo.u.shi.ma.su.

敝姓楊。

例・句

例 私の名前は周佳佳です。

wa.ta.shi.no.na.ma.e.wa.shu.u.ka.ka.de.su.

我的名字叫做周佳佳。

例 彼は王さんです。

ka.re.wa.o.u.sa.n.de.su.

他是王先生。

相關單字

陳 （ちん） 陳	chi.n.
張 （ちょう） 張	cho.u.
王 （おう） 王	o.u.
黄 （こう） 黄	ko.u.
李 （り） 李	ri.
蔡 （さい） 蔡	sa.i.

▶是／不是

はい／いいえ

ha.i./i.i.e.

說明 是日文對話裡對於他人的問題的最基本回答句型。

・會・話・

🅐 これは あなたの 荷物ですか？

ko.re.wa.a.na.ta.no.ni.mo.tsu.de.su.ka.

這是你的行李嗎？

🅑 はい、 これは 私の 荷物です。

ha.i./ko.re.wa.wa.ta.shi.no.ni.mo.tsu.de.su.

是的，這是我的行李。

・會・話・

🅐 あなたは 日本人ですか？

a.na.ta.wa.ni.ho.n.ji.n.de.su.ka.

你是日本人嗎？

🅑 いいえ、 私は 日本人では ありません。

i.i.e./wa.ta.shi.wa.ni.ho.n.ji.n.de.wa.a.ri.ma.se.n.

不，我不是日本人。

背包客 基本要會的
日語便利句

例・句

例 はい、そうです。
ha.i./so.u.de.su.
是，沒錯。

例 いいえ、違います。
i.i.e./chi.ga.i.ma.su.
不，不是的。

相關單字

正しい 正確	ta.da.shi.i.
違う 錯誤	chi.ga.u.
質問 問題	shi.tsu.mo.n.
答え 回答	ko.ta.e.
返事 回應	he.n.ji.

▶我從～來的

わたし
私は～から来ました。

wa.ta.shi.wa./ka.ra.ki.ma.shi.ta.

說明 說明自己是從哪裡來的時候，就可以用此句型來表示。

•會•話•

Ⓐ どこから来ましたか？

do.ko.ka.ra.ki.ma.shi.ta.ka.

請問從哪裡來的？

Ⓑ 私は台湾から来ました。

wa.ta.shi.wa.ta.i.wa.n.ka.ra.ki.ma.shi.ta.

我從台灣來的。

Ⓐ そうですか。

so.u.de.su.ka.

這樣啊。

•會•話•

Ⓐ あなたは韓国から来ましたか？

a.na.ta.wa.ka.n.ko.ku.ka.ra.ki.ma.shi.ta.ka.

你從韓國來的嗎？

B いいえ、私は台湾から来ました。

i.i.e./wa.ta.shi.wa.ta.i.wa.n.ka.ra.ki.ma.shi.ta.

不是,我是從台灣來的。

例・句

例 私は台湾の出身です。

wa.ta.shi.wa.ta.i.wa.n.no.shu.sshi.n.de.su.

我是台灣出身的。

例 私は台湾人です。

wa.ta.shi.wa.ta.i.wa.n.ji.n.de.su.

我是台灣人。

相關單字

アメリカ 美國	a.me.ri.ka.
フランス 法國	fu.ra.n.su.
イギリス 英國	i.gi.ri.su.
中国 中國	chu.u.go.ku.
タイ 泰國	ta.i.
ベトナム 越南	be.to.na.mu.

▶初次見面您好

はじめまして。

ha.ji.me.ma.shi.te.

說明 用來對第一次見面的人所說的禮貌用語。

・會・話・

Ⓐ はじめまして、中村です。どうぞよろ
しくお願いします。

ha.ji.me.ma.shi.te./na.ka.mu.ra.de.su./do.u.zo.
yo.ro.shi.ku.o.ne.ga.i.shi.ma.su.

初次見面您好,我叫中村。請多多指教。

Ⓑ はじめまして、李です。こちらこそ、
どうぞよろしくお願いします。

ha.ji.me.ma.shi.te./ri.de.su./ko.chi.ra.ko.so./do.
u.zo.yo.ro.shi.ku.o.ne.ga.i.shi.ma.su.

初次見面您好,我姓李。我才請您多多指教。

・例・句・

例 はじめまして、台湾から来ました
林小香です。どうぞよろしくお願いし
ます。

ha.ji.me.ma.shi.te./ta.i.wa.n.ka.ra.ki.ma.shi.ta.
ri.n.sho.u.ka.de.su./do.u.zo.yo.ro.shi.ku.o.ne.ga.
i.shi.ma.su.

初次見面您好，我是從台灣來林小香。請您多多
指教。

(相關單字)

おはよう 早安	o.ha.yo.u.
こんにちは 午安	ko.n.ni.chi.wa.
こんばんは 晚安	ko.n.ba.n.wa.
おやすみ 晚安（睡前用）	o.ya.su.mi.

▶不好意思、對不起

すみません

su.mi.ma.se.n

說明 表示不好意思或對不起之意，用於對他人致歉時。而在想詢問他人某事的時候，也可以加在問句前以表示禮貌。

•會•話•

Ⓐ あのう、すみません…

a.no.u./su.mi.ma.se.n.

那個，不好意思…

Ⓑ はい？

ha.i.

嗯？

Ⓐ 上野駅はどこですか？

u.e.no.e.ki.wa.do.ko.de.su.ka.

請問上野車站在哪裡？

Ⓑ あちらですよ。

a.chi.ra.de.su.yo.

在那邊唷。

Ⓐ ありがとうございました。

a.ri.ga.to.u.go.za.i.ma.shi.ta.

謝謝您。

例・句

例 本当(ほんとう)にすみませんでした。

ho.u.to.u.ni.su.mi.ma.se.n.de.shi.ta.

真的是非常對不起。

例 迷惑(めいわく)をかけてすみません。

me.i.wa.ku.o.ka.ke.te.su.mi.ma.se.n.

造成困擾不好意思。

例 申(もう)し訳(わけ)ありません。

mo.u.shi.wa.ke.a.ri.ma.se.n.

真的非常抱歉。

例 ごめんなさい。

go.me.n.na.sa.i.

不好意思。

例 ごめん。

go.me.n.

抱歉。

▶我～幾歲

私は～歳です。
わたし　　　さい

wa.ta.shi.wa./sa.i.de.su.

說明 向他人自我介紹的基本句型之一，用來表示自己的年紀。

·會·話·

Ⓐ おいくつですか？

o.i.ku.tsu.de.su.ka.

請問貴庚？

Ⓑ 私は二十歳です。
わたし　は　た　ち

wa.ta.shi.wa.ha.ta.chi.de.su.

我二十歲。

·會·話·

Ⓐ あなたは何歳ですか？
なんさい

a.na.ta.wa.na.n.sa.i.de.su.ka.

你幾歲呢？

Ⓑ 二十五歳です。
にじゅうごさい

ni.ju.u.go.sa.i.de.su.

二十五歲。

背包客 基本要會的 日語便利句

例·句

例 今何歳ですか？
いまなんさい

i.ma.na.n.sa.i.de.su.ka.

現在幾歲？

例 お誕生日はいつですか？
たんじょうび

o.ta.n.jo.u.bi.wa.i.tsu.de.su.ka.

生日是甚麼時候？

相關單字

年齢（ねんれい） 年齡	ne.n.re.i.
誕生日（たんじょうび） 生日	ta.n.jo.u.bi.
子供（こども） 小孩	ko.do.mo.
成年（せいねん） 成年	se.i.ne.n.
お年寄り（としよ） 老年人	o.to.shi.yo.ri.
若者（わかもの） 年輕人	wa.ka.mo.no.

▶ 你們家有幾個人？

ご家族は何人ですか？

go.ka.zo.ku.wa.na.n.ni.n.de.su.ka.

說明 日文裡「家族」是指家人，而「何人」就是幾個人的意思。

·會·話·

Ⓐ ご家族は何人ですか？

go.ka.zo.ku.wa.na.n.ni.n.de.su.ka.

你們家有幾個人？

Ⓑ 六人です。父と母と兄と姉二人と私です。

ro.ku.ni.n.de.su./chi.chi.to.ha.ha.to.a.ni.to.a.ne.
fu.ta.ri.to.wa.ta.shi.de.su.

有六個人。爸爸、媽媽、哥哥、兩個姐姐和我。

Ⓐ そうですか。

so.u.de.su.ka.

原來如此。

·例·句·

例 兄弟は何人いますか？

kyo.u.da.i.wa.na.n.ni.n.i.ma.su.ka.

你有幾個兄弟姊妹。

背包客 日語 便利句 基本要會的

例 三人です。

sa.n.ni.n.de.su.

三個（加自己）。

(相關單字)

お父さん 父親	o.to.u.sa.n.
お母さん 母親	o.ka.a.sa.n.
お兄さん 哥哥	o.ni.i.sa.n.
お姉さん 姊姊	o.ne.e.sa.n.
弟 弟弟	o.to.u.to.
妹 妹妹	i.mo.u.to.

▶我已經結婚了

私はもう結婚しました

wa.ta.shi.wa.mo.u ke.kko.n.shi.ma.shi.ta.

說明 「結婚しました」是「結婚する」的過去式，表示已經結婚的意思。

・會・話・

Ⓐ あなたは独身ですか？

a.na.ta.wa.do.ku.shi.n.de.su.ka.

你單身嗎？

Ⓑ いいえ、私はもう結婚しました。子供が一人います。

i.i.e./wa.ta.shi.wa.mo.u.ke.kko.n.shi.ma.shi.ta./
ko.do.mo.ga.hi.to.ri.i.ma.su.

不，我已經結婚了。有一個小孩。

Ⓐ そうですか。

so.u.de.su.ka.

原來如此。

例・句

例 彼氏がいます。

ka.re.shi.ga.i.ma.su.

我有男朋友。

囫 彼女がいません。

ka.no.jo.ga.i.ma.se.n.

我沒有女朋友。

(相關單字)

独身 單身	do.ku.shi.n.
彼氏 男朋友	ka.re.shi.
彼女 女朋友	ka.no.jo.
恋人 情人	ko.i.bi.to.
夫 丈夫	o.tto.
妻 太太	tsu.ma.

▶喜歡～

～が好きです

ga.su.ki.de.su.

說明 表示喜歡甚麼的基本句型，若要表示討厭～時就則用「～が嫌いです。」

• 會 • 話 •

Ⓐ あなたは日本料理で何が好きですか？

a.na.ta.wa.ni.ho.n.ryo.u.ri.de.na.ni.ga.su.ki.de.su.ka.

日本料理中你喜歡甚麼？

Ⓑ 寿司が好きです。あなたは？

su.shi.ga.su.ki.de.su./a.na.ta.wa.

我喜歡壽司，你呢？

Ⓐ 私はうどんが好きです。

wa.ta.shi.wa.u.do.n.ga.su.ki.de.su.

我喜歡烏龍麵。

Ⓑ なるほど。

na.ru.ho.do.

原來如此。

例・句

例 どれが好きですか？
do.re.ga.su.ki.de.su.ka.
你喜歡哪一個？

例 これが好きです。
ko.re.ga.su.ki.de.su.
我喜歡這個。

相關單字

嫌い 討厭	ki.ra.i.
好み 喜好	ko.no.mi.
お気に入り 中意的	o.ki.ni.i.ri.
好き嫌い 好惡	su.ki.ki.ra.i.
趣味 興趣	shu.mi.

▶興趣是～

趣味は～です

shu.mi.wa./de.su.

說明 日文的「趣味」是指興趣的意思，而「興味」則是對甚麼有興致的意思。

•會•話•

Ⓐ あなたの趣味は何ですか？

a.na.ta.no.shu.mi.wa.na.n.de.su.ka.

你的興趣是甚麼？

Ⓑ 水泳です。あなたは？

su.i.e.i.de.su./a.na.ta.wa.

游泳，你呢？

Ⓐ バスケットボールです。

ba.su.ke.tto.bo.o.ru.de.su.

打籃球。

Ⓑ そうですか。

so.u.de.su.ka.

這樣啊。

背包客 ^{基本}
日語便利句

例・句

例 歌を歌うことが好きです。

u.ta.o.u.ta.u.ko.to.ga.su.ki.de.su.

喜歡唱歌。

例 料理が上手です。

ryo.u.ri.ga.jo.u.zu.de.su.

很會做菜。

相關單字

得意 得意、拿手	to.ku.i.
苦手 不擅長	ni.ga.te.
興味 興致	kyo.u.mi.
スポーツ 運動	su.po.o.tsu.
旅行 旅行	ryo.ko.u.
読書 讀書	do.ku.sho.

▶沒有～過

～ことはありません

ko.to.wa.a.ri.ma.se.n.

說明 句型前加上動詞的た形變化，就可以表示沒有～過的意思。

•會•話•

Ⓐ 日本料理を食べたことがありますか？

ni.ho.n.ryo.u.ri.o.ta.be.ta.ko.to.ga.a.ri.ma.su.ka.

有吃過日本料理嗎？

Ⓑ いいえ、食べたことはないです。

i.i.e./ta.be.ta.ko.to.wa.na.i.de.su.

不，我沒有吃過。

•會•話•

Ⓐ 日本に来たことがありますか？

ni.ho.n.ni.ki.ta.ko.to.ga.a.ri.ma.su.ka.

有來過日本嗎？

Ⓑ はい、あります。

ha.i./a.ri.ma.su.

恩，有來過。

背包客 基本要會的 日語便利句

例・句

例 今回初めて食べました。

ko.n.ka.i.ha.ji.me.te.ta.be.ma.shi.ta.

這次是第一次吃。

例 今まで何度も食べました。

i.ma.ma.de.na.n.do.mo.ta.be.ma.shi.ta.

到目前為止吃過好多次了。

相關單字

経験 經驗	ke.i.ke.n.
ある 有	a.ru.
ない 沒有	na.i.
よく 常常	yo.ku.
時々 有時	to.ki.do.ki.
一度 一次	i.chi.do.

▶有

あります

a.ri.ma.su.

說明 日文中的「ある」是指事、物的「有、存在」的意思。

・會・話・

A この町の地図はありますか？

ko.no.ma.chi.no.chi.zu.wa.a.ri.ma.su.ka.

有這個城鎮的地圖嗎？

B いいえ、ありません。

i.i.e./a.ri.ma.se.n.

不，沒有。

・會・話・

A 明日、時間がりますか？

a.shi.ta./ji.ka.n.ga.a.ri.ma.su.ka.

明天有時間嗎？

B はい、あります。

ha.i./a.ri.ma.su.

有的。

背包客 _{基本}_{要會的}
日語 便利句

例・句

例 荷物(にもつ)があります。

ni.mo.tsu.ga.a.ri.ma.su.

有行李。

例 あそこにコンビニがあります。

a.so.ko.ni.ko.n.bi.ni.ga.a.ri.ma.su.

那邊有便利商店。

相關單字

お金(かね) 金錢	o.ka.ne.
パスポート 護照	pa.su.po.o.to.
レストラン 餐廳	re.su.to.ra.n.
郵便局(ゆうびんきょく) 郵局	yu.u.bi.n.kyo.ku.
ホテル 飯店	ho.te.ru.
交番(こうばん) 警察局	ko.u.ba.n.

▶有

います

i.ma su.

說明 日文中的「いる」是指人、動物及生命等的「有、存在」的意思。

•會•話•

Ⓐ 駅員はどこにいますか？

e.ki.i.n.wa.do.ko.ni.i.ma.su.ka.

站務員在哪裡呢？

Ⓑ あそこにいますよ。

a.so.ko.ni.i.ma.su.yo.

在那裡喔。

•會•話•

Ⓐ 彼氏がいますか？

ka.re.shi.ga.i.ma.su.ka.

你有男朋友嗎？

Ⓑ はい、います。

ha.i./i.ma.su.

有的。

背包客 <ruby>基本<rt></rt></ruby> <ruby>要會的<rt></rt></ruby>
日語 便利句

例・句

例 <ruby>誰<rt>だれ</rt></ruby>かいますか？

da.re.ka.i.ma.su.ka.

有誰在嗎？

例 <ruby>一人<rt>ひとり</rt></ruby>もいません。

hi.to.ri.mo.i.ma.se.n.

一個人也沒有。

相關單字

<ruby>友達<rt>ともだち</rt></ruby> 朋友	to.mo.da.chi.
<ruby>知<rt>し</rt></ruby>り<ruby>合<rt>あ</rt></ruby>い 熟人、認識的人	shi.ri.a.i.
<ruby>警察<rt>けいさつ</rt></ruby> 警察	ke.i.sa.tsu.
<ruby>動物<rt>どうぶつ</rt></ruby> 動物	do.u.bu.tsu.
<ruby>犬<rt>いぬ</rt></ruby> 狗	i.nu.
<ruby>猫<rt>ねこ</rt></ruby> 貓	ne.ko.

MP3 018

▶去

行_いきます

i.ki.ma.su.

說明 日文中的格助詞「へ」是表示動作移動的的方向，是往、朝的意思。而「に」則是動作目的地、場所。

•會•話•

Ⓐ どこへ行きますか？

do.ko.e.i.ki.ma.su.ka.

你要去哪裡呢？

Ⓑ 名古屋_{な ご や}へ行きます。

na.go.ya.e.i.ki.ma.su.

去名古屋。

•會•話•

Ⓐ 今日_{きょう}はどこに行きましたか？

kyo.u.wa.do.ko.ni.i.ki.ma.shi.ta.ka.

你今天去哪裡了？

Ⓑ 郵便局_{ゆうびんきょく}に行きました。

yu.u.bi.n.kyo.ku.ni.i.ki.ma.shi.ta.

去了郵局。

背包客 基本要會的
日語便利句

例・句

例 北海道へ行きたいです。

ho.kka.i.do.u.e.i.ki.ta.i.de.su.

想要去北海道。

例 青森へ行ったことがあります。

a.o.mo.ri.e.i.tta.ko.to.ga.a.ri.ma.su.

有去過青森。

相關單字

ほうこう 方向 方向	ho.u.ko.u.
きた 北 北	ki.ta.
みなみ 南 南	mi.na.mi.
にし 西 西	ni.shi.
ひがし 東 東	hi.ga.shi.
すす 進む 前進	su.su.mu.

▶來

来ます
き

ki.ma.su.

說明 日文「来る」有來、來臨、發生等等的意思。

・會・話・

Ⓐ 何で来ましたか？
なん き

na.n.de.ki.ma.shi.ta.ka.

你怎麼來的？

Ⓑ 電車で来ました。
でんしゃ き

de.n.sha.de.ki.ma.shi.ta.

搭電車來的。

Ⓐ 遠いですか？
とお

to.o.i.de.su.ka.

很遠嗎？

Ⓑ ちょっと遠かったです。
とお

cho.tto.to.o.ka.tta.de.su.

有一點遠。

例・句

例 初めて来ました。

ha.ji.me.te.ki.ma.shi.ta.

第一次來。

例 また来ました。

ma.ta.ki.ma.shi.ta.

又來了一次。

相關單字

往復 來回	o.u.fu.ku.
ルート 路線	ru.u.to.
交通 交通	ko.u.tsu.u.
距離 距離	kyo.ri.
近い 近的	chi.ka.i.
遠い 遠的	to.o.i.

MP3 020

① 基本用語篇

▶回去

帰ります
かえ

ka.e.ri.ma.su.

説明「帰る」是有回來、回去的意思。

・會・話・

Ⓐ いつ帰りますか？
かえ

i.tsu.ka.e.ri.ma.su.ka.

甚麼時候要回去？

Ⓑ あさって帰ります。
かえ

a.sa.tte.ka.e.ri.ma.su.

後天回去。

・會・話・

Ⓐ 何時ごろ帰りますか？
なんじ　　かえ

na.n.ji.go.ro.ka.e.ri.ma.su.ka.

大約幾點回去呢？

Ⓑ 十時ごろ帰ります。
じゅうじ　　かえ

ju.u.ji.go.ro.ka.e.ri.ma.su.

十點左右回去。

·例·句·

例 家に帰ります。

i.e.ni.ka.e.ri.ma.su.

回家。

例 早く帰りたいです。

ha.ya.ku.ka.e.ri.ta.i.de.su.

想要早點回去。

相關單字

後で	a.to.de.
等下	
すぐ	su.gu.
馬上	
ホテル	ho.te.ru.
飯店	
寮	ryo.u.
宿舍	
帰国	ki.ko.ku.
回國	

▶明天見

また明日
ma.ta.a.shi.ta.

說明 日文中的「また」是有再、又、還等等的意思。

•會•話•

Ⓐ もう帰るんですか？

mo.u.ka.e.ru.n.de.su.ka.

已經要回去了嗎？

Ⓑ はい、後で用事がありますから。

ha.i./a.to.de.yo.u.ji.ga.a.ri.ma.su.ka.ra.

是的，因為等下有事情。

Ⓐ じゃあ、また明日。

ja.a./ma.ta.a.shi.ta.

那麼明天見。

Ⓑ はい、また明日。

ha.i./ma.ta.a.shi.ta.

好的，明天見。

|例・句|

例 また会いましょう。

ma.ta.a.i.ma.sho.u.

下次再見喔。

例 また来年。

ma.ta.ra.i.ne.n.

明年見。

(相關單字)

会う 見面	a.u.
別れる 分別	wa.ka.re.ru.
再会 重逢	sa.i.ka.i.
連絡 聯絡	re.n.ra.ku.
楽しい 快樂的	ta.no.shi.i.
寂しい 寂寞的	sa.bi.shi.i.

▶多謝關照

お世話になりました

o.se.wa.ni.na.ri.ma.shi.ta.

說明 日文中的「世話」就是指照顧、照料、幫助等意思。整句就是指感謝受到對方照顧的意思。

・會・話・

Ⓐ この二日間本当にお世話になりました。

ko.no.fu.tsu.ka.ka.n.ho.n.to.u.ni.o.se.wa.ni.na.
ri.ma.shi.ta.

這兩天真是受到你的照顧了。

Ⓑ いいえ、また遊びに来てくださいね。

i.i.e./ma.ta.a.so.bi.ni.ki.te.ku.da.sa.i.ne.

哪裡，要再來玩啊。

Ⓐ はい、分かりました。

ha.i./wa.ka.ri.ma.shi.ta.

好的，我知道了。

Ⓑ では、またね。

de.wa./ma.ta.ne.

那麼再見了。

Ⓐ はい、またね。

ha.i./ma.ta.ne.

好的，再見了。

背包客 日語便利句
基本要會的

例・句

例 長い間お世話になりました。

na.ga.i.a.i.da.o.se.wa.ni.na.ri.ma.shi.ta.

長久以來承蒙觀照了。

例 今までありがとうございました。

i.ma.ma.de.a.ri.ga.to.u.go.za.i.ma.shi.ta.

謝謝你到目前為止的照顧。

相關單字

お礼 謝禮	o.re.i.
プレゼント 禮物	pu.re.ze.n.to.
感謝 感謝	ka.n.sha.
感激 感動、感激	ka.n.ge.ki.
嬉しい 開心的	u.re.shi.i.
約束 約定	ya.ku.so.ku.

▶好久不見

お久しぶりです

o.hi.sa.shi.bu.ri.de.su.

說明 「久しぶり」是有隔了好久的意思，因此整句意思為好久不見。

・會・話・

A 高山さん、お久しぶりですね。

ta.ka.ya.ma.sa.n./o.hi.sa.shi.bu.ri.de.su.ne.

高山，好久不見呢。

B 本当にお久しぶりです。お元気ですか？

ho.n.to.u.ni.o.hi.sa.shi.bu.ri.de.su./o.ge.n.ki.de.su.ka.

真的好久不見呢，你好嗎？

A はい、元気です。

ha.i./ge.n.ki.de.su.

嗯，我很好。

・例・句・

例 久しぶりに遊びに来ました。

hi.sa.shi.bu.ri.ni.a.so.bi.ni.ki.ma.shi.ta.

隔了很久來玩了。

例 久しぶりに会いました。

hi.sa.shi.bu.ri.ni.a.i.ma.shi.ta.

隔了很久再見面了。

相關單字

長い	na.ga.i.
長久的	
昔	mu.ka.shi.
從前	
以前	i.ze.n.
以前	
再会	sa.i.ka.i.
重逢	
懐かしい	na.tsu.ka.shi.i.
懷念的	

▶多虧、託～的福

お蔭で
かげ

o.ka.ge.de.

説明 前面加「～の」的話，就可以表示託～的福、幫助的意思。

・會・話・

Ⓐ 今日はどうでしたか？
きょう
kyo.u.wa.do.u.de.shi.ta.ka.
今天怎麼樣呢？

Ⓑ お蔭で楽しかったです。
かげ　たの
o.ke.ge.de.ta.no.shi.ka.tta.de.su.
託你的福玩得很開心。

Ⓐ それはよかったですね。
so.re.wa.yo.ka.tta.de.su.ne.
那真是太好了呢。

Ⓑ ええ本当に。
ほんとう
e.e.ho.n.to.u.ni.
對啊。

例・句

例 お蔭様で元気です。

o.ka.ge.sa.ma.de.ge.n.ki.de.su.

託您的福我很好。

例 皆さんのお蔭で無事に終わりました。

mi.na.sa.n.no.o.ka.ge.de.bu.ji.ni.o.wa.ri.ma.shi.
ta.

託大家的福順利結束了。

相關單字

家族 家人	ka.zo.ku.
両親 父母	ryo.u.shi.n.
先生 老師	se.n.se.i.
友達 朋友	to.mo.da.chi.
あなた 你	a.na.ta.

交通篇

▶一天有幾班飛機？

一日に何便ありますか？
<ruby>一日<rt>いちにち</rt></ruby>に<ruby>何便<rt>なんびん</rt></ruby>ありますか？

i.chi.ni.chi.ni.na.n.bi.n.a.ri.ma.su.ka.

說明 要搭日本國內線至其它地區玩的時候，就可以這樣詢問。

・會・話・

A すみません、<ruby>名古屋<rt>な ご や</rt></ruby>への<ruby>飛行機<rt>ひ こう き</rt></ruby>は<ruby>一日<rt>いちにち</rt></ruby>に<ruby>何便<rt>なんびん</rt></ruby>ありますか？

su.mi.ma.se.n./na.go.ya.e.no.hi.ko.u.ki.wa.i.chi.ni.chi.ni.na.n.bi.n.a.ri.ma.su.ka.

不好意思，往名古屋的飛機一天有幾班？

B <ruby>一日<rt>いちにち</rt></ruby>に<ruby>八便<rt>はちびん</rt></ruby>です。

i.chi.ni.chi.ni.ha.chi.bi.n.de.su.

一天有八個班機。

A わかりました。ありがとうございます。

wa.ka.ri.ma.shi.ta./a.ri.ga.to.u.go.za.i.ma.su.

我知道了，謝謝。

B どういたしまして。

do.u.i.ta.shi.ma.shi.te.

不客氣。

例‧句

例 予約開始日はいつからですか？

yo.ya.ku.ka.i.shi.bi.wa.i.tsu.ka.ra.de.su.ka.

預約是從甚麼時候開始？

例 搭乗手続きの締め切り時間はいつですか？

to.u.jo.u.te.tsu.zu.ki.no.shi.me.ki.ri.ji.ka.n.wa.i.tsu.de.su.ka.

登機手續的截止時間是甚麼時候？

相關單字

空港 機場	ku.u.ko.u.
飛行機 飛機	hi.ko.u.ki.
搭乗 搭乘	to.u.jo.u.
時刻表 時刻表	ji.ko.ku.hyo.u.
航空券 機票	ko.u.ku.u.ke.n.
予約 預約	yo.ya.ku.

▶請問一個人的行李可以到幾公斤？

荷物は一人何キロまでですか？
にもつ　ひとりなん

ni.mo.tsu.wa.hi.to.ri.na.n.ki.ro.ma.de.de.su.ka.

說明 因為每家航空公司的行李限制不一，所以可以先問清楚避免超重。

・會・話・

A すみません、荷物は一人何キロまでですか？

su.mi.ma.se.n./ni.mo.tsu.wa.hi.to.ri.na.n.ki.ro.ma.de.de.su.ka.

不好意思，請問一個人的行李可以到幾公斤？

B 二十五キロまでです。

ni.ju.u.go.ki.ro.ma.de.de.su.

是二十五公斤。

A 分かりました。ありがとうございます。

wa.ka.ri.ma.shi.ta./a.ri.ga.to.u.go.za.i.ma.su.

我知道了，謝謝。

B どういたしまして。

do.u.i.ta.shi.ma.shi.te.

不客氣。

例・句

例 荷物が重量オーバーしてしまいました。

ni.mo.tsu.ga.ju.u.ryo.u.o.o.ba.a.shi.te.shi.ma.i.
ma.shi.ta.

行李超重了。

例 超過料金を取られますか？

cho.u.ka.ryo.u.ki.n.o.to.ra.re.ma.su.ka.

會被收超重的行李費嗎？

相關單字

手荷物 隨身行李	te.ni.mo.tsu.
預かる 保管	a.zu.ka.ru.
重量 重量	ju.u.ryo.u.
制限 限制	se.i.ge.n.
超える 超過	ko.e.ru.

▶能帶上飛機嗎？

き　ない　　　も　　こ
機内に持ち込めますか?

ki.na.i.ni.mo.chi.ko.me.ma.su.ka.

2 交通篇

說明 當要確認自己的行李能不能帶上飛機時，可以這樣詢問。

•會•話•

Ⓐ すみません。

su.mi.ma.se.n.

不好意思。

Ⓑ はい。

ha.i.

是的。

Ⓐ これは機内に持ち込めますか？

ko.re.wa.ki.na.i.ni.mo.chi.ko.me.ma.su.ka.

這個可以帶上飛機？

Ⓑ はい。できます。

ha.i./de.ki.ma.su.

可以的。

例・句

例 機内への持ち込みができません。

ki.na.i.e.no.o.mo.chi.ko.mi.ga.de.ki.ma.se.n.

不行帶上飛機。

例 機内に持ち込み禁止なものは何ですか？

ki.na.i.ni.mo.chi.ko.mi.ki.n.shi.na.mo.no.wa.na.n.de.su.ka.

請問禁止帶上飛機的東西是甚麼？

（相關單字）

保安検査 安全檢查	ho.a.n.ke.n.sa.
禁止 禁止	ki.n.shi.
液体物 液體	e.ki.ta.i.bu.tsu.
危険物 危險物	ki.ke.n.bu.tsu.
ライター 打火機	ra.i.ta.a.
薬 藥品	ku.su.ri.

028

▶請給我靠窗座位

窓側の席でお願いします
まどがわ　せき　　　ねが

ma.do.ga.wa.no.se.ki de.o.ne.ga.i.shi.ma.su.

 交通篇

說明 在搭飛機等交通工具時，可以用此句型告訴櫃台小姐想要靠窗座位或是靠走道的座位。

・會・話・

A 通路側の席か窓側の席かどちらがよろしいでしょうか？
つうろがわ　せき　まどがわ　せき

tsu.u.ro.ga.wa.no.se.ki.ka.ma.do.ga.wa.no.se.ki.
ka.do.chi.ra.ga.yo.ro.shi.i.de.sho.u.ka.

請問要選擇靠走道座位還是靠窗座位呢？

B 窓側の席でお願いします。
まどがわ　せき　　ねが

ma.do.ga.wa.no.se.ki.de.o.ne.ga.i.shi.ma.su.

請給我靠窗座位。

A はい、分かりました。
わ

ha.i./wa.ka.ri.ma.shi.ta.

好的，我明白了。

・例・句・

例 通路側の席でお願いします。
つうろがわ　せき　　ねが

tsu.u.ro.ga.wa.no.se.ki.de.o.ne.ga.i.shi.ma.su.

請給我靠走道座位。

例 窓側の席はまだ空いていますか？

ma.do.ga.wa.no.se.ki.wa.ma.da.a.i.te.i.ma.su.
ka.

靠窗座位還有空的嗎？

（相關單字）

座席 座位	za.se.ki.
指定席 指定席	shi.te.i.se.ki.
飛行機 飛機	hi.ko.u.ki.
エコノミークラス 經濟艙	e.ko.no.mi.i.ku.ra.su.
ビジネスクラス 商務艙	bi.ji.ne.su.ku.ra.su.
ファーストクラス 頭等艙	fa.a.su.to.ku.ra.su.

▶請問已經結束用餐了嗎？

もうお食事はお済みですか?

mo.u.o.sho.ku.ji.wa.o.su.mi.de.su.ka.

說明 在飛機上用餐時，空姐通常會用此句詢問是否已經用餐完畢。可參考下列會話及相關句型做答覆。

•會•話•

A もうお食事はお済みですか？

mo.u.o.sho.ku.ji.wa.o.su.mi.de.su.ka.

請問已經結束用餐了嗎？

B いいえ、まだです。

i.i.e./ma.da.de.su.

不，還沒有。

A はい、分かりました。

ha.i./wa.ka.ri.ma.shi.ta.

好的，我知道了。

例•句

例 はい、済みました。

ha.i./su.mi.ma.shi.ta.

是，已經用完了。

背包客 基本要會的
日語便利句

例 お水ください。

o.mi.zu.ku.da.sa.i.

請給我一杯水。

(相關單字)

機内食 きないしょく 飛機餐	ki.na.i.sho.ku.
コーヒー 咖啡	ko.o.hi.i.
ジュース 果汁	ju.u.su.
ミルク 牛奶	mi.ru.ku.
新聞 しんぶん 報紙	shi.n.bu.n.
毛布 もうふ 毛毯	mo.u.fu.

▶來訪的目的是？

訪問の目的は何ですか?

ほうもん　もくてき　なん

ho.u.mo.n.no.mo.ku.te.ki.wa.na.n.de.su.ka.

說明 下飛機後至入國審查區通常會被詢問的問題，以確認此次入境的目的。

◆會◆話◆

A 訪問の目的は何ですか?
ほうもん　もくてき　なん

ho.u.mo.n.no.mo.ku.te.ki.wa.na.n.de.su.ka.

請問來訪的目的是？

B 留学です。
りゅうがく

ryu.u.ga.ku.de.su.

來留學。

A どこの大学ですか?
だいがく

do.ko.no.da.i.ga.ku.de.su.ka.

哪裡的大學？

B 東京大学です。
とうきょうだいがく

to.u.kyo.u.da.i.ga.ku.de.su.

東京大學。

【例・句】

例 パスポートを見せてください。

pa.su.po.o.to.o.mi.se.te.ku.da.sa.i.

請給我看護照。

例 海外出張です。

ka.i.ga.i.shu.ccho.u.de.su.

國外出差。

(相關單字)

入国審査	nyu.u.ko.ku.shi.n.sa.
入國審查。	
観光	ka.n.ko.u.
觀光	
仕事	shi.go.to.
工作	
出張	shu.ccho.u.
出差	
商用	sho.u.yo.u.
商務	

▶請問是甚麼職業？

職業は何ですか？
しょくぎょう　なん

sho.ku.gyo.u wa.na.n.de.su.ka.

說明 在入國審查時常以此句確認現在的身分、職業。

・會・話・

Ⓐ 職業は何ですか？
しょくぎょう　なん

sho.ku.gyo.u.wa.na.n.de.su.ka.

請問是甚麼職業？

Ⓑ 教師です。
きょうし

kyo.u.shi.de.su.

是教師。

Ⓐ どうぞ、お通りください。
とお

do.u.zo./o.to.o.ri.ku.da.sa.i.

請通過。

Ⓑ ありがとう。

a.ri.ga.to.u.

謝謝

背包客 基本要命的
日語便利句

例・句

例 あなたの職業は何ですか？

a.na.ta.no.sho.ku.gyo.u.wa.na.n.de.su.ka.

你的職業是甚麼？

例 どんな仕事をしていますか？

do.n.na.shi.go.to.o.shi.te.i.ma.su.ka.

在做甚麼工作的？

相關單字

学生 學生	ga.ku.se.i.
会社員 公司職員	ka.i.sha.i.n.
公務員 公務員	ko.u.mu.i.n.
医者 醫生	i.sha.
コック 廚師	ko.kku.
エンジニア 工程師	e.n.ji.ni.a.

▶大概要待多久？

どのくらい滞在（たいざい）しますか?

do.no.ku.ra.i ta.i.za.i.shi.ma.su.ka.

說明 在入海關時通常會被海關人員以此句詢問此次旅遊要在日本待多久等問題。

・會・話・

A 日本（にほん）は初（はじ）めてですか?

ni.ho.n.wa.ha.ji.me.te.de.su.ka.

第一次來日本嗎？

B はい、そうです。

ha.i./so.u.de.su.

是的。

A どのくらい滞在（たいざい）しますか?

do.no.ku.ra.i.ta.i.za.i.shi.ma.su.ka.

大概要待多久？

B 一週間（いっしゅうかん）です。

i.sshu.u.ka.n.de.su.

一個星期。

例·句

例 日本にはどれくらい滞在しますか？

ni.ho.n.ni.wa.do.re.ku.ra.i.ta.i.za.i.shi.ma.su.ka.

在日本大概要待多久？

例 いつまで滞在しますか？

i.tsu.ma.de.ta.i.za.i.shi.ma.su.ka.

要待到甚麼時候？

相關單字

十日 十天	to.o.ka.
二週間 兩個星期	ni.shu.u.ka.n.
一ヶ月 一個月	i.kka.ge.tsu.
三ヶ月 三個月	sa.n.ka.ge.tsu.
半年 半年	ha.n.to.shi.
一年 一年	i.chi.ne.n.

▶打算住在哪裡？

どこに滞在<ruby>滞在<rt>たいざい</rt></ruby>する<ruby>予定<rt>よてい</rt></ruby>ですか?

do.ko.ni.ta.i.za.i su.ru.yo.tc.i.de.su.ka.

說明 在海關通常會被詢問停留的期間以及會用此句詢問打算停留在哪、住在哪裡。

•會•話•

Ⓐ いつまで<ruby>滞在<rt>たいざい</rt></ruby>しますか？

i.tsu.ma.de.ta.i.za.i.shi.ma.su.ka.

要待到甚麼時候？

Ⓑ <ruby>来週<rt>らいしゅう</rt></ruby>の<ruby>日曜日<rt>にちようび</rt></ruby>までです。

ra.i.shu.u.no.ni.chi.yo.u.bi.ma.de.de.su.

待到下個星期日。

Ⓐ どこに<ruby>滞在<rt>たいざい</rt></ruby>する<ruby>予定<rt>よてい</rt></ruby>ですか？

do.ko.ni.ta.i.za.i.su.ru.yo.te.i.de.su.ka.

打算住在哪裡？

Ⓑ <ruby>大阪<rt>おおさか</rt></ruby>の<ruby>東方<rt>とうほう</rt></ruby>ホテルです。

o.o.sa.ka.no.to.u.ho.u.ho.te.ru.de.su.

大阪的東方飯店。

背包客日語便利句

基本要會的

例·句

例 どこに滞在しますか？

do.ko.ni.ta.i.za.i.shi.ma.su.ka.

要住在哪裡？

例 親戚の家に泊まります。

shi.n.se.ki.no.i.e.ni.to.ma.ri.ma.su.

住在親戚的家裡。

相關單字

さっぽろ 札幌 札幌	sa.ppo.ro.
とうきょう 東京 東京	to.u.kyo.u.
おおさか 大阪 大阪	o.o.sa.ka.
きょうと 京都 京都	kyo.u.to.
な ご や 名古屋 名古屋	na.go.ya.
は かた 博多 博多	ha.ka.ta.

🎧 034

▶〜車站在哪裡？

〜駅はどこですか?

e.ki.wa.do.ko.de.su.ka.

②交通篇

說明 找車站時，可以套用此句型向人詢問。

•會•話•

A すみません、新宿駅はどこですか？

su.mi.ma.se.n./shi.n.ju.ku.e.ki.wa.do.ko.de.su.
ka.

不好意思，請問新宿車站在哪裡？

B まっすぐ行ったらすぐ見えますよ。

ma.ssu.gu.i.tta.ra.su.gu.mi.e.ma.su.yo.

直走的話馬上就會看到喔。

A 分かりました。ありがとうございま
す。

wa.ka.ri.ma.shi.ta./a.ri.ga.to.u.go.za.i.ma.su.

我知道了，謝謝。

B いいえ。

i.i.e.

不會。

例・句

例 渋谷駅はどう行ったらいいですか？

shi.bu.ya.e.ki.wa.do.u.i.tta.ra.i.i.de.su.ka.

請問渉谷車站要怎麼去？

例 一番近い駅はどこですか？

i.chi.ba.n.chi.ka.i.e.ki.wa.do.ko.de.su.ka.

請問最近的車站在哪裡？

相關單字

右折	u.se.tsu.
右轉	
左折	sa.se.tsu.
左轉	
渡る	wa.ta.ru.
渡過、經過	
信号	shi.n.go.u.
紅綠燈	
横断歩道	o.u.da.n.ho.do.u.
斑馬線	
歩道橋	ho.do.u.kyo.u.
天橋	

MP3 035

▶麻煩到～

～までお願_{ねが}いします

ma.de.o.ne.ga.i.shi.ma.su.

2 交通篇

說明 在搭乘計程車時，可以套用此句型，向司機說明想要去的地方。

•會•話•

A どちらまでですか？

do.chi.ra.ma.de.de.su.ka.

請問要到哪裡？

B 上野動物園_{うえのどうぶつえん}までお願_{ねが}いします。

u.e.no.do.u.bu.tsu.e.n.ma.de.o.ne.ga.i.shi.ma.su.

麻煩到上野動物園。

A はい、分_わかりました。

ha.i./wa.ka.ri.ma.shi.ta.

好的，我明白了。

•例•句•

例 この住所_{じゅうしょ}までお願_{ねが}いします。

ko.no.ju.u.sho.ma.de.o.ne.ga.i.shi.ma.su.

麻煩到這個地址。

例 **千三百円になります。**

se.n.sa.n.pya.ku.e.n.ni.na.ri.ma.su.

總共是一千三百日圓。

（相關單字）

タクシー 計程車	ta.ku.shi.i.
りょうきん 料金 費用	ryo.u.ki.n.
うんてんしゅ 運転手 司機	u.n.te.n.shu.
えき 駅 車站	e.ki.
ホテル 飯店	ho.te.ru.
じゅうしょ 住所 地址	ju.u.sho.

▶麻煩給我到～的車票

～までの切符をお願いします

ma.de.no.ki.ppu.o.o.ne.ga.i.shi.ma.su.

2 交通篇

說明 搭乘大眾運輸工具時，可以套用此句型，購買想要到達地點的車票。

•會•話•

Ⓐ あのう、すみません…

a.no.u./su.mi.ma.se.n.

那個，不好意思…

Ⓑ はい。

ha.i.

是的。

Ⓐ 京都までの切符をお願いします。

kyo.u.to.ma.de.no.ki.ppu.o.o.ne.ga.i.shi.ma.su.

請給我到京都車站的車票。

Ⓑ はい、分かりました。少々お待ちください。

ha.i./wa.ka.ri.ma.shi.ta./sho.u.sho.u.o.ma.chi.ku.da.sa.i.

好的，我知道了。請稍等一下。

背包客 日語便利句

基本 便會的

例·句

例 奈良までの切符をください。

na.ra.ma.de.no.ki.ppu.o.ku.da.sa.i.

請給我到奈良的車票。

例 名古屋から東京までの切符をお願いします。

na.go.ya.ka.ra.to.u.kyo.u.ma.de.no.ki.ppu.o.o.ne.ga.i.shi.ma.su.

麻煩給我從名古屋到東京的車票。

相關單字

乗車券 車票	jo.u.sha.ke.n.
一日乗車券 一日券	i.chi.ni.chi.jo.u.sha.ke.n.
窓口 窗口	ma.do.gu.chi.
改札口 剪票口	ka.i.sa.tsu.gu.chi.
駅員 站務員	e.ki.i.n.

▶請給我～張

～枚ください

ma.i.ku.da.sa.i.

②
交通篇

說明 買車票時，可以套入數量以告訴站務人員要買車票的張數。

•會•話•

Ⓐ 長崎から熊本までの切符を一枚ください。

na.ga.sa.ki.ka.ra.ku.ma.mo.to.ma.de.no.ki.ppu.o.i.chi.ma.i.ku.da.sa.i.

請給我一張從長崎到熊本的車票。

Ⓑ はい。片道ですか？

ha.i./ka.ta.mi.chi.de.su.ka.

好的，請問是單程嗎？

Ⓐ はい、そうです。

ha.i./so.u.de.su.

是的。

Ⓑ 分かりました。少々お待ちください。

wa.ka.ri.ma.shi.ta./sho.u.sho.u.o.ma.chi.ku.da.sa.i.

我知道了，請稍等一下。

·例·句·

例 長崎から熊本までの切符はまだありますか？

na.ga.sa.ki.ka.ra.ku.ma.mo.to.ma.de.no.ki.ppu.
wa.ma.da.a.ri.ma.su.ka.

長崎到熊本的車票還有嗎？

例 もう売り切れました。

mo.u.u.ri.ki.re.ma.shi.ta.

已經賣完了。

相關單字

二枚 兩張	ni.ma.i.
三枚 三張	sa.n.ma.i.
四枚 四張	yo.n.ma.i.
五枚 五張	go.ma.i.
片道 單程	ka.ta.mi.chi.
往復 來回	o.u.fu.ku.

▶可以取消這張車票嗎？

この切符はキャンセルできますか？

ko.no.ki.ppu.wa.kya.n.se.ru.de.ki.ma.su.ka.

說明 在買錯或是想要取消車票時，可以用這句來向站務員詢問。

•會•話•

Ⓐ すみませんが、この切符はキャンセルできますか？

su.mi.ma.se.n.ga./ko.no.ki.ppu.wa.kya.n.se.ru.de.ki.ma.su.ka.

不好意思，請問可以取消這張車票嗎？

Ⓑ はい、できますよ。

ha.i./de.ki.ma.su.yo.

可以的。

Ⓐ じゃ、お願いします。

ja./o.ne.ga.i.shi.ma.su.

那麼麻煩了。

Ⓑ はい、少々お待ちください。

ha.i./sho.u.sho.u.o.ma.chi.ku.da.sa.i.

好的，請稍等。

例・句

例 切符の日付を変更したいのですが、できますか？

ki.ppu.no.hi.zu.ke.o.he.n.ko.u.shi.ta.i.no.de.su.ga./de.ki.ma.su.ka.

我想要改變車票的日期，請問可以嗎？

例 切符の払戻しはできますか？

ki.ppu.no.ha.ra.i.mo.do.shi.wa.de.ki.ma.su.ka.

能夠退還車票嗎？

相關單字

有効 有效	yu.u.ko.u.
無効 無效	mu.ko.u.
キャンセル 取消	kya.n.se.ru.
手数料 手續費	te.su.u.ryo.u.
無料 免費	mu.ryo.u.

▶甚麼時候發車？

いつ発車しますか?
はっしゃ

i.tsu.ha.ssha.shi.ma.su.ka.

說明 詢問公車或是電車等交通工具的發車時間時，通常以此句向站務人員詢問。

•會•話•

Ⓐ すみませんが、次の列車はいつ発車しますか？

su.mi.ma.se.n.ga./tsu.gi.no.re.ssha.wa.i.tsu.ha.ssha.shi.ma.su.ka.

不好意思，請問下一班列車甚麼時候發車呢？

Ⓑ 二時十五分に発車しますよ。

ni.ji.ju.u.go.fu.n.ni.ha.ssha.shi.shi.ma.su.yo.

兩點十五分發車喔。

Ⓐ 分かりました。ありがとうございます。

wa.ka.ri.ma.shi.ta./a.ri.ga.to.u.go.za.i.ma.su.

我知道了，謝謝。

Ⓑ どういたしまして。

do.u.i.ta.shi.ma.shi.te.

不客氣。

背包客 基本要會的 日語 便利句

例・句

例 **この列車はいつ発車しますか？**

ko.no.re.ssha.wa.i.tsu.ha.ssha.shi.ma.su.ka.

這班列車甚麼時候發車？

例 **列車はまもなく発車します。**

re.ssha.wa.ma.mo.na.ku.ha.ssha.shi.ma.su.

列車不久後就要發車了。

相關單字

時刻表 時刻表	ji.ko.ku.hyo.u.
ホーム 月台	ho.o.mu.
始発 首班車	shi.ha.tsu.
終電 末班車	shu.u.de.n.
定刻 準時	te.i.ko.ku.
遅れる 遲到、慢	o.ku.re.ru.

▶大約要多久才會到？

どのくらいで着きますか?

do.no.ku.ra.i.de.tsu.ki.ma.su.ka.

說明「着く」是到達的意思。可套用此句來詢問自己要到的目的地大概要花上多少時間。

・會・話・

Ⓐ あのう、福岡まではどのくらいで着きますか？

a.no.u./fu.ku.o.ka.ma.de.wa.do.no.ku.ra.i.de.tsu.ki.ma.su.ka.

那個，到福岡大概要多久才會到？

Ⓑ えーと、四十分くらいです。

e.e.to./yo.n.ju.ppu.n.ku.ra.i.de.su.

嗯，大概四十分鐘。

Ⓐ 分かりました。

wa.ka.ri.ma.shi.ta.

我知道了。

・例・句・

例 どのくらいかかりますか？

do.no.ku.ra.i.ka.ka.ri.ma.su.ka.

要花多少時間？

例 福岡から鹿児島まではどのくらいで
着きますか？

fu.ku.o.ka.ka.ra.ka.go.shi.ma.ma.de.wa.do.no.
ku.ra.i.de.tsu.ki.ma.su.ka.

從福岡到鹿兒島大概要多久才會到？

例 後どのくらいで着きますか？

a.to.do.no.ku.ra.i.de.tsu.ki.ma.su.ka.

大概還要多久才會到？

（相關單字）

出発 出發	shu.ppa.tsu.
到着 抵達	to.u.cha.ku.
速い 快的	ha.ya.i.
遅い 慢的	o.so.i.

❷交通篇

> **▶不好意思，這裡是我的位子**

すみませんが、ここは私の席です

su.mi.ma.se.n.ga./ko.ko.wa.wa.ta.shi.no.se.ki.de.su.

說明 在搭乘交通工具或是參加演唱會等活動，而當自己的座位被他人坐走時，可以用此句告知對方。

・會・話・

Ⓐ すみませんが、ここは私の席です。

su.mi.ma.se.n.ga./ko.ko.wa.wa.ta.shi.no.se.ki.de.su.

不好意思，這裡是我的位子。

Ⓑ えっ、ここは十五番じゃないですか？

e./ko.ko.wa.ju.u.go.ba.n.ja.na.i.de.su.ka.

咦，這裡不是十五號嗎？

Ⓐ ここは十七番ですよ。

ko.ko.wa.ju.u.na.na.ba.n.de.su.yo.

這裡是十七號喔。

Ⓑ あっ、すみません、間違えました。

a./su.mi.ma.se.n./ma.chi.ga.e.ma.shi.ta.

啊，不好意思我弄錯了。

例・句

例 私の席はどこですか？

wa.ta.shi.no.se.ki.wa.do.ko.de.su.ka.

我的位子在哪裡？

例 ２７Ｂの座席はどこですか？

ni.ju.u.na.na.bi.i.no.za.se.ki.wa.do.ko.de.su.ka.

２７Ｂ的座位在哪裡？

相關單字

自由席	ji.yu.u.se.ki.
自由座	
指定席	shi.te.i.se.ki.
指定座	
番号	ba.n.go.u.
號碼	
通路	tsu.u.ro.
走道	
車両	sha.ryo.u.
車廂	
寝台車	shi.n.da.i.sha.
臥鋪車	

MP3 042

▶ 要在哪一站換車呢？

どの駅で乗り換えればいいですか?

do.no.e.ki.de.no.ri.ka.e.re.ba.i.i.de.su.ka.

說明 「乗り換える」就是轉乘的意思，由於日本地鐵交通比台灣複雜許多，所以不確定怎麼轉乘的，就可以這樣詢問。

•會•話•

Ⓐ すみませんが、新宿へ行きたいんですけど、どの駅で乗り換えればいいですか?

su.mi.ma.se.n.ga./shi.n.ju.ku.e.i.ki.ta.i.n.de.su.ke.do./do.no.e.ki.de.no.ri.ka.e.re.ba.i.i.de.su.ka.
不好意思，我想去新宿，請問我要在哪一站換車呢？

Ⓑ 新宿ですね。じゃ、次の駅で乗り換えですよ。

shi.n.ju.ku.de.su.ne./ja./tsu.gi.no.e.ki.de.no.ri.ka.e.de.su.yo.
要去新宿對吧？那麼你要在下一站換車喔。

A 分かりました。ありがとうございます。

wa.ka.ri.ma.shi.ta./a.ri.ga.to.u.go.za.i.ma.su.

我知道了，謝謝你。

例・句

例 乗り換えが必要ですか？

no.ri.ka.e.ga.hi.tsu.yo.u.de.su.ka.

需要換車嗎？

例 次の駅で乗り換えてください。

tsu.gi.no.e.ki.de.no.ri.ka.te.ku.da.sa.i.

請在下一站換車。

相關單字

乗る 搭乘	no.ru.
降りる 下車	o.ri.ru.
ホーム 月台	ho.o.mu.
入口 入口	i.ri.gu.chi.
出口 出口	de.gu.chi.

▶把東西忘在列車上了

列車に忘れ物をしちゃったんです
れっしゃ わす もの

re.ssha.ni.wa.su.re.mo.no.o.shi.cha.tta.n.de.su.

說明 「忘れ物」是指遺失物的意思，而忘了東西在車上時，就可以這樣向站務員求救。

•會•話•

A すみません、私は列車に忘れ物をしちゃったんですが、どうすればいいですか？

su.mi.ma.se.n./wa.ta.shi.wa.re.ssha.ni.wa.su.re.mo.no.o.shi.cha.tta.n.de.su.ga./do.u.su.re.ba.i.i.de.su.ka.

不好意思，我忘了東西在列車上，要怎麼辦才好？

B 忘れ物は何ですか？あと、どの列車ですか？

wa.su.re.mo.no.wa.na.n.de.su.ka./a.to./do.no.re.ssha.de.su.ka.

是甚麼東西呢？然後是哪台列車？

A このくらいの黒いカバンです。さっき
の関西行きの列車です。

ko.no.ku.ra.i.no.ku.ro.i.ka.ba.n.de.su./sa.kki.no.
ka.n.sa.i.yu.ki.no.re.ssha.de.su.

大概這麼大的黑色包包。是剛剛往關西的列車。

B はい、係員に連絡しますので、少々お
待ちください。

ha.i./ka.ka.ri.i.n.ni.re.n.ra.ku.shi.ma.su.no.de./
sho.u.sho.u.o.ma.chi.ku.da.sa.i.

好的，我會與相關人員聯絡，請稍等一下。

[例・句]

例 電車にカバンを忘れてしまいました。

de.n.sha.ni.ka.ba.n.o.wa.su.re.te.shi.ma.i.ma.
shi.ta.

把包包忘在電車上了。

例 カバンがなくなってしまいました。

ka.ba.n.ga.na.ku.na.tte.shi.ma.i.ma.shi.ta.

包包不見了。

相關單字

さいふ 財布 錢包	sa.i.fu.
にもつ 荷物 行李	ni.mo.tsu.
けいたいでんわ 携帯電話 手機	ke.i.ta.i.de.n.wa.
きっぷ 切符 車票	ki.ppu.
パスポート 護照	pa.su.po.o.to.
コート 外套	ko.o.to.

MP3 044

▶ 還來得及嗎？

まだ間まに合あいますか?

ma.da.ma.ni.a.i.ma.su.ka.

說明 「間に合う」是來得及、趕上的意思。此句型可以用在詢問任何有關時間趕得上與否的場合。

•會•話•

Ⓐ すみません、今から駅に行っても、まだ六時の新幹線に間に合いますか？

su.mi.ma.se.n./i.ma.ka.ra.e.ki.ni.i.tte.mo./ma.da.ro.ku.ji.no.shi.n.ka.n.se.n.ni.ma.ni.a.i.ma.su.ka.

不好意思，我現在去車站的話，還趕得上六點的新幹線嗎？

Ⓑ 駅までタクシーで行くなら十分ぐらいしかかからないので、まだ間に合うと思いますよ。

e.ki.ma.de.ta.ku.shi.i.de.i.ku.na.ra.ju.ppu.n.shi.ka.ka.ka.ra.na.i.no.de./ma.da.ma.ni.a.u.to.o.mo.i.ma.su.yo.

坐計程車到車站大概要花十分鐘，所以我覺得來得及喔。

Ⓐ そうですか、ありがとうございます。

so.u.de.su.ka./a.ri.ga.to.u.go.za.i.ma.su.

這樣啊,謝謝你。

例•句

例 もう間に合わないです。

mo.u.ma.ni.a.wa.na.i.de.su.

已經來不及了。

例 終電は何時ですか?

shu.u.de.n.wa.na.n.ji.de.su.ka.

末班車是幾點?

相關單字

遅刻	chi.ko.ku.
遲到	
遅れる	o.ku.re.ru.
晚、遲	
急ぐ	i.so.gu.
急速、著急	
終電	shu.u.de.n.
末班車	
始発	shi.ha.tsu.
頭班車	

住宿篇

▶請問有雙人房嗎？

ダブルルームはありますか?

da.bu.ru.ru.u.mu.wa.a.ri.ma.su ka.

說明 「ダブルルーム」是雙人房的意思。在飯店要訂房時，可以利用此句型問清楚房間的種類。

❸ 住宿篇

•會•話•

Ⓐ すみません、ダブルルームはありますか？

su.mi.ma.se.n./da.bu.ru.ru.u.mu.wa.a.ri.ma.su.ka.

不好意思。

Ⓑ はい、ありますよ。

ha.i./a.ri.ma.su.yo.

有的。

Ⓐ じゃ、ダブルルームをお願いします。

ja./da.bu.ru.ru.u.mu.o.o.ne.ga.i.shi.ma.su.

那麼請給我雙人房。

Ⓑ はい、分かりました。

ha.i./wa.ka.ri.ma.shi.ta.

好的，我明白了。

背包客 基本要會的 日語便利句

例・句

例 どんな部屋のタイプがありますか？

do.n.na.he.ya.no.ta.i.pu.ga.a.ri.ma.su.ka.

房間有哪些類型？

例 禁煙ルームはありますか？

ki.n.e.n.ru.u.mu.wa.a.ri.ma.su.ka.

有禁菸房嗎？

相關單字

シングルルーム 單人房	shi.n.gu.ru.ru.u.mu.
ホテル 飯店	ho.te.ru.
旅館 旅館	ryo.ka.n.
部屋 房間	he.ya.
予約 預約	yo.ya.ku.
泊まる 住宿	to.ma.ru.

▶請問有兩間空的單人房嗎？

シングルルームが二部屋空いていますか?

shi.n.gu.ru.ru.u.mu.ga.fu.ta.he.ya.a.i.te.i.ma.su.ka.

說明 「空く」就是有空的意思，因此要詢問有沒有空房時，可以套用此句型。

•會•話•

Ⓐ すみません、シングルルームが二部屋空いていますか?

su.mi.ma.se.n./shi.n.gu.ru.ru.mu.ga.fu.ta.he.ya.a.i.te.i.ma.su.ka.

不好意思，請問有兩間空的單人房嗎？

Ⓑ 生憎ですが、今一部屋しか空いていません。

a.i.ni.ku.de.su.ga./i.ma.hi.to.ya.he.ya.shi.ka.a.i.te.i.ma.se.n.

很不巧，現在只剩一間而已。

Ⓐ そうですか。

so.u.de.su.ka.

這樣啊。

101

背包客 基本 要會的 日語 便利句

例·句

例 空いている部屋はありますか？

a.i.te.i.ru.he.ya.wa.a.ri.ma.su.ka.

有空的房間嗎？

例 本日は満室です。

ho.n.ji.tsu.wa.ma.n.shi.tsu.de.su.

今日已客滿。

相關單字

一部屋 一間	hi.to.he.ya.
三部屋 三間	sa.n.he.ya.
四部屋 四間	yo.n.he.ya.
禁煙ルーム 禁菸房	ki.n.e.n.ru.u.mu.
喫煙ルーム 吸菸房	ki.tsu.e.n.ru.u.mu.
空室 空房	ku.u.shi.tsu.

MP3 047

▶住一晚多少錢？

一泊いくらですか?
いっぱく

i.ppa.ku.i.ku.ra.de.su.ka.

説明「一泊」在日文裡是指住一夜、一晚的意思。

・會・話・

Ⓐ シングルルームは一泊いくらですか?
shi.n.gu.ru.ru.u.mu.wa.i.ppa.ku.i.ku.ra.de.su.ka.
請問單人房一晚多少錢？

Ⓑ 五千三百円です。
go.se.n.sa.n.pya.ku.e.n.de.su.
五千三百日圓。

Ⓐ じゃ、一部屋お願いします。
ja./hi.to.he.ya.o.ne.ga.i.shi.ma.su.
那麼請給我一間。

Ⓑ はい、分かりました。
ha.i./wa.ka.ri.ma.shi.ta.
好的，我知道了。

3 住宿篇

103

背包客 基本要會的
日語 便利句

例・句

例 シングルルームは一晩いくらですか？

ひとばん

shi.n.gu.ru.ru.u.mu.wa.hi.to.ba.n.i.ku.ra.de.su.ka.

單人房住一晚是多少錢？

例 部屋代はいくらですか？

へやだい

he.ya.da.i.wa.i.ku.ra.de.su.ka.

請問房費是多少？

相關單字

料金 りょうきん 費用	ryo.u.ki.n.
サービス料 りょう 服務費	sa.a.bi.su.ryo.u.
税金 ぜいきん 税金	ze.i.ki.n.
チップ 小費	chi.ppu.
領収書 りょうしゅうしょ 收據	ryo.u.shu.u.sho.

🔊 048

▶我要這個房間

この部屋にします

ko.no.he.ya.ni.shi.ma.su.

說明 「～にします」就是指決定要～的意思。

• 會 • 話 •

A どれになさいますか？

do.re.ni.na.sa.i.ma.su.ka.

請問要哪個房間呢？

B この部屋にします。

ko.no.he.ya.ni.shi.ma.su.

我要這個房間。

A はい、分かりました。一晩ですか？

ha.i./wa.ka.ri.ma.shi.ta./hi.to.ba.n.de.su.ka.

好的我知道了，請問是住一晚嗎？

B はい、一晩です。

ha.i./hi.to.ba.n.de.su.

是的，是住一晚。

背包客 基本要會的 日語便利句

例・句

例 この部屋をお願いします。

ko.no.he.ya.o.o.ne.ga.i.shi.ma.su.

麻煩給我這個房間。

例 予約できますか？

yo.ya.ku.de.ki.ma.su.ka.

可以預約嗎？

相關單字

宿泊 住宿	shu.ku.ha.ku.
宿泊プラン 住宿的優惠方案	shu.ku.ha.ku.pu.ra.n.
安い 便宜的	ya.su.i.
受付 櫃台	u.ke.tsu.ke.
カウンター 櫃台	ka.u.n.ta.a.
決める 決定	ki.me.ru.

▶我想要預約房間

部屋を予約したいんですが
へ や　　よ やく

he.ya.o.yo.ya.ku.shi.ta.i.n.de.su.ga.

說明 要事先預約住宿的房間時，就用此句型表示。

3 住宿篇

・會・話・

A 部屋を予約したいんですが、シングルルームはありますか？

he.ya.o.yo.ya.ku.shi.ta.i.n.de.su.ga./shi.n.gu.ru.ru.u.mu.wa.a.ri.ma.su.ka.
我想要預約房間，請問有單人房嗎？

B はい、あります。いつのご予約でしょうか？

ha.i./a.ri.ma.su./i.tsu.no.go.yo.ya.ku.de.sho.u.ka.
有的，請問要預約甚麼時候？

A 五月十五日の夜です。

go.ga.tsu.ju.u.go.ni.chi.no.yo.ru.de.su.
五月十五日的晚上。

B はい、分かりました。

ha.i./wa.ka.ri.ma.shi.ta.
好的，我明白了。

107

背包客 基本 要會的
日語 便利句

例・句

例 お名前をフルネームでお願いします。

o.na.ma.e.o.fu.ru.ne.e.mu.de.o.ne.ga.i.shi.ma.
su.

請告訴我您的全名。

例 予約は必要ですか？

yo.ya.ku.wa.hi.tsu.yo.u.de.su.ka.

需要預約嗎？

相關單字

連絡先	re.n.ra.ku.sa.ki.
聯絡方式	
電話番号	de.n.wa.ba.n.go.u.
電話號碼	
住所	ju.u.sho.
地址	
名前	na.ma.e.
名字	
宿泊日	shu.ku.ha.ku.bi.
住宿日	
部屋タイプ	he.ya.ta.i.pu.
房間類型	

▶ 我的房間是幾號？

私の部屋は何号室ですか?

wa.ta.shi.no.he.ya.wa.na.n.go.u.shi.tsu.de.su.ka.

說明 大部分事先預約房間後，當天登記入住時才會知道自己住幾號房，故可用此句型問清楚房號。

• 會 • 話 •

A 予約したんですが、私の部屋は何号室ですか？

yo.ya.ku.shi.ta.n.de.su.ga./wa.ta.shi.no.he.ya.wa.na.n.go.u.shi.tsu.de.su.ka.

我已經預約了房間，請問我是幾號房？

B すみません、お名前は？

su.mi.ma.se.n./o.na.ma.e.wa.

不好意思，請位大名是？

A 林小方です。

ri.n.sho.u.ho.u.de.su.

林小方。

B はい、お客様のお部屋は三〇二号室です。

ha.i./o.kya.ku.sa.ma.no.o.he.ya.wa.sa.n.ma.ru.ni.go.u.shi.tsu.de.su.

好的，客人的房間是三〇二號房。

3 住宿篇

背包客 基本愛會的
日語 便利句

例・句

例 これは部屋の鍵です。

ko.re.wa.he.ya.no.ka.gi.de.su.

這是房間的鑰匙。

例 食堂は何階ですか？

sho.ku.do.u.wa.na.n.ka.i.de.su.ka.

請問餐廳在幾樓？

相關單字

番号 ばんごう 號碼	ba.n.go.u.
何階 なんかい 幾樓	na.n.ka.i.
エレベーター 電梯	e.re.be.e.ta.a.
非常口 ひじょうぐち 緊急出口	hi.jo.u.gu.chi.
バス・トイレ付き つ 附衛浴設備	ba.su./to.i.re.tsu.ki.
設備 せつび 設備	se.tsu.bi.

▶ 我想要 check in

チェックインしたいんですが

che.kku.i.n.shi.ta.i.n.de.su.ga.

說明 「チェックイン」就是由英文check in轉變而來，指登記手續的意思。

• 會 • 話 •

Ⓐ すみません、チェックインしたいんですが、いいですか？

su.mi.ma.se.n./che.kku.i.n.shi.ta.i.n.de.su.ga./i.i.de.su.ka.

不好意思，我想要check in，可以嗎？

Ⓑ はい、お名前をフルネームでお願いします。

ha.i./o.na.ma.e.o.fu.ru.ne.e.mu.de.o.ne.ga.i.shi.ma.su.

好的，請告訴我您的全名。

Ⓐ 陳小明です。

chi.n.sho.u.me.i.de.su.

陳小明。

Ⓑ 分かりました。少々お待ちください。

wa.ka.ri.ma.shi.ta./sho.u.sho.u.o.ma.chi.ku.da.sa.i.

我知道了，請稍等一下。

例・句

例 チェックインはいつからですか？

che.kku.i.n.wa.i.tsu.ka.ra.de.su.ka.

check in從甚麼時候開始？

例 <ruby>夜<rt>よる</rt></ruby><ruby>遅<rt>おそ</rt></ruby>くチェックインできますか？

yo.ru.o.so.ku.che.kku.i.n.de.ki.ma.su.ka.

深夜可以check in嗎？

相關單字

<ruby>受付<rt>うけつけ</rt></ruby> 櫃台	u.ke.tsu.ke.
チェックアウト 退房	che.kku.a.u.to.
<ruby>手続き<rt>てつづ</rt></ruby> 手續	te.tsu.zu.ki.
サイン 簽名	sa.i.n.
<ruby>荷物<rt>にもつ</rt></ruby> 行李	ni.mo.tsu.
<ruby>預かる<rt>あず</rt></ruby> 寄放	a.zu.ka.ru.

▶可以使用無線網路嗎？

ワイファイは使えますか?

wa.i.fa.i.wa.tsu.ka.e.ma.su.ka.

說明「ワイファイ」是從英文轉變而來，指無線網路的意思。

3 住宿篇

・**會・話・**

Ⓐ すみません。

su.mi.ma.se.n.

不好意思。

Ⓑ はい。

ha.i.

是的。

Ⓐ 部屋でワイファイは使えますか？

he.ya.de.wa.i.fa.i.wa.tsu.ka.e.ma.su.ka.

請問房間裡可以使用無線網路嗎？

Ⓑ はい、使えますよ。

ha.i./tsu.ka.e.ma.su.yo.

可以使用喔。

・例・句・

例 ロビーでワイファイは使えますか？

ro.bi.i.de.wa.i.fa.i.wa.tsu.ka.e.ma.su.ka.

在大廳可以使用無線網路嗎？

例 ワイファイは無料ですか？

wa.i.fa.i.wa.mu.ryo.u.de.su.ka.

無線網路是免費的嗎？

(相關單字)

サービス 服務	sa.a.bi.su.
インターネット 網路	i.n.ta.a.ne.tto.
こうしゅうでんわ 公衆電話 公共電話	ko.u.shu.u.de.n.wa.
むりょう 無料 免費	mu.ryo.u.
ゆうりょう 有料 收費	yu.u.ryo.u.

▶請問住宿有附餐點嗎？

宿泊は食事が含まれますか？
しゅくはく　しょくじ　　　ふく

shu.ku.ha.ku.wa.sho.ku.ji.ga.fu.ku.ma.re.ma.su.ka.

說明 因為各個飯店的規矩都不一樣，故可以先以此句問清楚，避免弄錯。

•會•話•

A すみません、宿泊は食事が含まれますか？

su.mi.ma.se.n./shu.ku.ha.ku.wa.sho.ku.ji.ga.fu.ku.ma.re.ma.su.ka.

不好意思，請問住宿有附餐點嗎？

B はい、含まれますよ。

ha.i./fu.ku.ma.re.ma.su.yo.

有的。

A 朝食ですか？

cho.u.sho.ku.de.su.ka.

是早餐嗎？

B はい、朝食です。

ha.i./cho.u.sho.ku.de.su.

對，是早餐。

背包客 日語 便利句
基本 飲食的

例・句

例 食堂 しょくどう はどこですか？

sho.ku.do.u.wa.do.ko.de.su.ka.

請問餐廳在哪裡？

例 朝食 ちょうしょく は有料 ゆうりょう ですか？

cho.u.sho.ku.wa.yu.u.ryo.u.de.su.ka.

早餐是收費的嗎？

相關單字

食事券 しょくじけん 餐券	sho.ku.ji.ke.n.
昼食 ちゅうしょく 午餐	chu.u.sho.ku.
夕食 ゆうしょく 晚餐	yu.u.sho.ku.
食堂 しょくどう 餐廳	sho.ku.do.u.
ビュッフェ 自助餐	byu.ffe.
メニュー 菜單	me.nyu.u.

▶早餐從幾點開始？

朝食は何時からですか?

ちょうしょく　なんじ

cho.u.sho.ku.wa.na.n.ji.ka.ra.de.su.ka.

說明 「何時からですか」就是從幾點開始的疑問句，可以套用此句詢問想要知道的活動時間。

③ 住宿篇

•會•話•

Ⓐ すみません、朝食は何時からですか？

su.mi.ma.se.n./cho.u.sho.ku.wa.na.n.ji.ka.ra.de.su.ka.

不好意思，早餐從幾點開始供應？

Ⓑ 六時半からです。

ろくじはん

ro.ku.ji.ha.n.ka.ra.de.su.

早上六點開始。

Ⓐ 分かりました。ありがとうございます。

wa.ka.ri.ma.shi.ta./a.ri.ga.to.u.go.za.i.ma.su.

我知道了，謝謝。

Ⓑ どういたしまして。

do.u.i.ta.shi.ma.shi.te.

不客氣。

例・句

例 朝食は何時までですか？

cho.u.sho.ku.wa.na.n.ji.ma.de.de.su.ka.

早餐到幾點結束？

例 朝食はついていますか？

cho.u.sho.ku.wa.tsu.i.te.i.ma.su.ka.

有附早餐嗎？

相關單字

和食 日式餐	wa.sho.ku.
洋食 西式餐	yo.u.sho.ku.
パン 麵包	pa.n.
ご飯 白飯	go.ha.n.
味噌汁 味噌湯	mi.so.shi.ru.
コーヒー 咖啡	ko.o.hi.i.

▶可以叫我起床嗎？

モーニングコールをしていただけませんか？

mo.o.ni.n.gu.ko.o.ru.o.shi.te.i.ta.da.ke.ma.se.n.ka.

說明「モーニングコール」就是從英文的 morning call 轉變而來的。而希望飯店人員提供晨喚的服務時，就可以這樣表示。

‧會‧話‧

A すみません、明日モーニングコールをしていただけませんか？

su.mi.ma.se.n./a.shi.ta.mo.o.ni.n.gu.ko.o.ru.o.
shi.te.i.ta.da.ke.ma.se.n.ka.
不好意思，請問明天可以叫我起床嗎？

B はい、いつがよろしいでしょうか？

ha.i./i.tsu.ga.yo.ro.shi.i.de.sho.u.ka.
好的，請問要幾點呢？

A 朝七時半です。

a.sa.shi.chi.ji.ha.n.de.su.
早上七點半。

3 住宿篇

B はい、分かりました。

ha.i./wa.ka.ri.ma.shi.ta.

好的,我知道了。

例・句

例 モーニングコールをお願いします。

mo.o.ni.n.gu.ko.o.ru.o.o.ne.ga.i.shi.ma.su.

麻煩叫我起床。

例 モーニングコールのサービスはありますか?

mo.o.ni.n.gu.ko.o.ru.no.sa.a.bi.su.wa.a.ri.ma.su.ka.

請問有提供晨喚的服務嗎?

相關單字

時間(じかん) 時間	ji.ka.n.
目覚(めざ)まし時計(どけい) 鬧鐘	me.za.ma.shi.do.ke.i.
寝(ね)る 睡覺	ne.ru.
起(お)きる 起床	o.ki.ru.

寝坊 ^{ねぼう}　　　ne.bo.u.
睡過頭

休憩 ^{きゅうけい}　　kyu.u.ke.i.
休息

▶請問可以換房間嗎？

部屋を変えてもらえませんか?

he.ya.o.ka.e.te.mo.ra.e.ma.se.n.ka.

說明 如果住進才發現是不合自己意的房間時，可以利用此句型詢問是否可換房。

·會·話·

🅐 すみません、部屋の中で変な匂いがしますので、部屋を変えてもらえませんか？

su.mi.ma.se.n./he.ya.no.na.ka.de.he.n.na.ni.o.i.ga.shi.ma.su.no.de./he.ya.o.ka.e.te.mo.ra.e.ma.se.n.ka.

不好意思，因為房間有味道，所以可以換房間嗎？

🅑 そうですか、すみません、部屋は何号室ですか？

so.u.de.su.ka./su.mi.ma.se.n./he.ya.wa.na.n.go.u.shi.tsu.de.su.ka.

這樣啊，不好意思，請問是幾號房？

Ⓐ 三〇五です。

sa.n.ma.ru.go.de.su.

是三〇五號房。

Ⓑ 分かりました、少々お待ちください。

wa.ka.ri.ma.shi.ta./sho.u.sho.u.o.ma.chi.ku.da.
sa.i.

我知道了,請稍等一下。

例•句

例 部屋を変わることができませんか?

he.ya.o.ka.wa.ru.ko.to.ga.de.ki.ma.se.n.ka.

請問可以更換房間嗎?

例 禁煙の部屋に変えてもらえますか?

ki.n.e.n.no.he.ya.ni.ka.e.te.mo.ra.e.ma.su.ka.

可以換禁菸的房間嗎?

(相關單字)

きつえん 喫煙 吸菸	ki.tsu.e.n.
タバコ 香菸	ta.ba.ko.
へんこう 変更 更換	he.n.ko.u.
けしき 景色 景色	ke.shi.ki.
となり 隣 隔壁	to.na.ri.
うるさい 吵雜	u.ru.sa.i.

▶可以幫我保管行李嗎？

荷物を預かっていただけませんか？

ni.mo.tsu.o.a.zu.ka.tte.i.ta.da.ke.ma.se.n.ka.

説明 在飯店想請櫃台人員幫忙保管行李時，就可以用此句表達。

③ 住宿篇

•會•話•

Ⓐ すみません、荷物を預かっていただけませんか？

su.mi.ma.se.n./ni.mo.tsu.o.a.zu.ka.tte.i.ta.da.ke.ma.se.n.ka.

不好意思，請問可以幫我保管行李嗎？

Ⓑ はい、いいですよ。

ha.i./i.i.de.su.yo.

可以的喔。

Ⓐ ありがとうございます。

a.ri.ga.to.u.go.za.i.ma.su.

謝謝。

Ⓑ どういたしまして。

do.u.i.ta.shi.ma.shi.te.

不客氣。

背包客 基本
日語 便利句 要會的

例・句

例 荷物を預けたいんですが。

ni.mo.tsu.o.a.zu.ke.ta.i.n.de.su.ga.

行李可以寄放嗎？

例 チェックアウト後の荷物は預かっていただけますか？

che.kku.a.u.to.a.to.no.ni.mo.tsu.wa.a.zu.ka.tte.i.ta.da.ke.ma.su.ka.

退房之後能幫我保管行李嗎？

相關單字

コインロッカー 寄物櫃	ko.i.n.ro.kka.a.
カバン 包包	ka.ba.n.
スーツケース 行李箱	su.u.tsu.ke.e.su.
フロント 櫃台	fu.ro.n.to.
鍵 鑰匙	ka.gi.

MP3 058

▶鑰匙忘在房間裡了

鍵を部屋に忘れてしまいました

ka.gi.o.he.ya.ni.wa.su.re.te.shi.ma.i.ma.shi.ta.

說明 在住宿時把鑰匙遺忘在房間，或是退房時丟了東西在房間裡時，都可以套用此句型來做解釋。

•會•話•

Ⓐ すみません、鍵を部屋に忘れてしまいました。どうすればいいですか？

su.mi.ma.se.n./ka.gi.o.he.ya.ni.wa.su.re.te.shi.ma.i.ma.shi.ta./do.u.su.re.ba.i.i.de.su.ka.
不好意思我忘了鑰匙在房間裡了，該怎麼辦？

Ⓑ 何号室ですか？

na.n.go.u.shi.tsu.de.su.ka.
請問是幾號房？

Ⓐ 二〇一です。

ni.ma.ru.i.chi.de.su.
二〇一號房。

Ⓑ 分かりました、少々お待ちください。

wa.ka.ri.ma.shi.ta./sho.u.sho.u.o.ma.chi.ku.da.sa.i.
我知道了，請稍等一下。

3 住宿篇

例・句

例 鍵がなくなってしまいました。

ka.gi.ga.na.ku.na.tte.shi.ma.i.ma.shi.ta.

把鑰匙弄丟了。

例 荷物を部屋に忘れてしまいました。

ni.mo.tsu.o.he.ya.ni.wa.su.re.te.shi.ma.i.ma.shi.ta.

忘了行李在房間裡了。

相關單字

忘れ物 遺忘物	wa.su.re.mo.no.
携帯電話 手機	ke.i.ta.i.de.n.wa.
財布 錢包	sa.i.fu.
服 衣服	fu.ku.
カメラ 相機	ka.me.ra.
カバン 包包	ka.ba.n.

▶衛生紙沒有了

トイレットペーパーがないんですが

to.i.re.tto.pe.e.pa.a.ga.na.i.n.de.su.ga.

說明 如果住宿時房間裡缺了甚麼東西時，可以套用此句型向服務生反應。

3 住宿篇

·會·話·

Ⓐ すみません。

su.mi.ma.se.n.

不好意思。

Ⓑ はい。

ha.i.

是的。

Ⓐ 部屋のトイレットペーパーがないんですが…

he.ya.no.to.i.re.tto.pe.e.pa.a.ga.na.i.n.de.su.ga.

房間裡的衛生紙沒有了…

Ⓑ すみません、今すぐお持ちします。

su.mi.ma.se.n./i.ma.su.gu.o.mo.chi.shi.ma.su.

不好意思，我現在馬上拿過去。

•例•句•

例 トイレットペーパーが足りないです。

to.i.re.tto.pe.e.pa.a.ga.ta.ri.na.i.de.su.

衛生紙不夠。

例 タオルがありません。

ta.o.ru.ga.a.ri.ma.se.n.

沒有毛巾。

(相關單字)

タオル 毛巾	ta.o.ru.
お湯 熱水	o.yu.
水 水	mi.zu.
石鹸 肥皂	se.kke.n.
シャンプー 洗髮精	sha.n.pu.u.
練り歯磨き 牙膏	ne.ri.ha.mi.ga.ki.

🔊 060

▶想要多住一天

一晩延泊したいんですが
ひとばんえんぱく

hi.to.ba.n.e.n.pa.ku.shi.ta.i.n.de.su.ga.

說明 「延泊」就是在延長住宿的意思，此句型可用在沒有事先跟旅館預約而詢問可否延長住宿的時候。

・會・話・

Ⓐ すみません、一晩延泊したいんですが、いいですか？
　　　　　　　ひとばんえんぱく

su.mi.ma.se.n./hi.to.ba.n.e.n.pa.ku.shi.ta.i.n.de.su.ga./i.i.de.su.ka.

不好意思，我想要多住一天，可以嗎？

Ⓑ 何号室ですか？
　　なんごうしつ

na.n.go.u.shi.tsu.de.su.ka.

請問是幾號房？

Ⓐ 五〇三です。
　　ごまるさん

go.ma.ru.sa.n.de.su.

五〇三號房。

Ⓑ はい、分かりました、少々お待ちください。
　　　　　わ　　　　　　　　　しょうしょう　　ま

ha.i./wa.ka.ri.ma.shi.ta./sho.u.sho.u.o.ma.chi.ku.da.sa.i.

我明白了，請稍等一下。

・例・句・

㉑ チェックアウト時間の延長はできますか？

che.kku.a.u.to.ji.ka.n.no.e.n.cho.u.wa.de.ki.ma.su.ka.

請問可以延後退房的時間嗎？

㉒ 予約のキャンセルはできますか？

yo.ya.ku.no.kya.n.se.ru.wa.de.ki.ma.su.ka.

可以取消預約嗎？

（相關單字）

チェックイン 登記入住	che.kku.i.n.
チェックアウト 退房	che.kku.a.u.to.
宿泊 住宿	shu.ku.ha.ku.
延長 延長	e.n.cho.u.
追加料金 追加費用	tsu.i.ka.ryo.u.ki.n.

MP3 061

> ▶可以給我相鄰的房間嗎？

隣り合わせの部屋をお願いできますか?

to.na.ri.a.wa.se.no.he.ya.o.o.ne.ga.i.de.ki.ma.su.ka.

説明 「隣り合わせ」是指相鄰、鄰接的意思，因此整句是要求希望有相鄰的房間。

・會・話・

Ⓐ シングルルームは二部屋ありますか?

shi.n.gu.ru.ru.mu.wa.fu.ta.he.ya.a.ri.ma.su.ka.

有兩間單人房嗎？

Ⓑ はい、あります。

ha.i./a.ri.ma.su.

有的。

Ⓐ 隣り合わせの部屋をお願いできますか?

to.na.ri.a.wa.se.no.he.ya.o.o.ne.ga.i.de.ki.ma.su.ka.

可以給我相鄰的房間嗎？

Ⓑ はい、できます。

ha.i./de.ki.ma.su.

可以的。

•例•句•

例 隣り合わせの部屋はありますか？

to.na.ri.a.wa.se.no.he.ya.wa.a.ri.ma.su.ka.

有相鄰的房間嗎？

例 眺めのいい部屋はありますか？

na.ge.me.no.i.i.he.ya.wa.a.ri.ma.su.ka.

有視野好的房間嗎？

相關單字

近い 近的	chi.ka.i.
エレベーター 電梯	e.re.be.e.ta.a.
エスカレーター 電扶梯	e.su.ka.re.e.ta.a.
階段 樓梯	ka.i.da.n.
窓 窗戶	ma.do.
景色 景色	ke.shi.ki.

▶這飯店的附近有～嗎？

このホテルの近くに～はありますか?

ko.no.ho.te.ru.no.chi.ka.ku.ni./wa.a.ri.ma.su.ka.

③ 住宿篇

說明 日文中的「近く」就是指附近、近處的意思。

·會·話·

A すみません、このホテルの近くにコンビニはありますか?

su.mi.ma.se.n./ko.no.ho.te.ru.no.chi.ka.ku.ni.ko.n.bi.ni.wa.a.ri.ma.su.ka.

不好意思，請問飯店的附近有便利商店嗎?

B ありますよ。この道をまっすぐ行ったらすぐ見えますよ。

a.ri.ma.su.yo./ko.no.mi.chi.o.ma.ssu.gu.i.tta.ra.su.gu.mi.e.ma.su.yo.

有的，從這條路一直走下去馬上就會看到喔。

A はい、分かりました。

ha.i./wa.ka.ri.ma.shi.ta.

好的我知道了。

背包客 基本愛會的 日語便利句

例・句

例 コンビニはどこですか？

ko.n.bi.ni.wa.do.ko.de.su.ka.

便利商店在哪裡？

例 ここから駅までは遠いですか？

ko.ko.ka.ra.e.ki.ma.de.wa.to.o.i.de.su.ka.

從這裡到車站很遠嗎？

相關單字

銀行 ぎんこう 銀行	gi.n.ko.u.
郵便局 ゆうびんきょく 郵局	yu.u.bi.n.kyo.ku.
レストラン 餐廳	re.su.to.ra.n.
ラーメン屋 や 拉麵店	ra.a.me.n.ya.
クリーニング屋 や 洗衣店	ku.ri.i.ni.n.gu.ya.
ドラッグストア 藥妝店	do.ra.ggu.su.to.a.

▶我要叫客房服務

ルームサービスをお願いします

ru.u.mu.sa.a.bi.su.o.o.ne.ga.i.shi.ma.su.

說明 「ルームサービス」是從英文的room service轉變而來，指客房服務的意思。

・會・話・

Ⓐ すみません、こちらは六〇六号室です。ルームサービスをお願いします。

su.mi.ma.se.n./ko.chi.ra.wa.ro.ku.ma.ru.ro.ku.go.u.shi.tsu.de.su./ru.u.mu.sa.a.bi.su.o.o.ne.ga.i.shi.ma.su.

你好，這裡是六〇六號房，我想要叫客房服務。

Ⓑ はい、何をお持ちしましょうか？

ha.i./na.ni.o.o.mo.chi.shi.ma.sho.u.ka.

好的，需要些甚麼嗎？

Ⓐ コーヒーを一杯お願いします。

ko.o.hi.i.o.i.ppa.i.o.ne.ga.i.shi.ma.su.

我要一杯咖啡。

Ⓑ はい、分かりました。

ha.i./wa.ka.ri.ma.shi.ta.

好的我知道了。

例・句

例 ルームサービスをお願いできますか？

ru.u.mu.sa.a.bi.su.o.o.ne.ga.i.de.ki.ma.su.ka.

可以叫客房服務嗎？

例 ルームサービスをお願いしたいんですが。

ru.u.mu.sa.a.bi.su.o.o.ne.ga.i.shi.ta.i.n.de.su.ga.

我想要叫客房服務。

相關單字

ジュース 果汁	ju.u.su.
ビール 啤酒	bi.i.ru.
朝食 早餐	cho.u.sho.ku.
昼食 午餐	chu.u.sho.ku.
夜食 宵夜	ya.sho.ku.
デザート 點心	de.za.a.to.

▶浴室沒有熱水

お風呂のお湯が出ないんです

o.fu.ro.no.o.yu.ga.de.na.i.n.de.su.

③ 住宿篇

說明 「お湯」是熱水的意思，所以有時候在日本澡堂外面會看到掛上寫此字的布簾。

會·話

Ⓐ もしもし、こちらは二〇八号室です。お風呂のお湯が出ないんです。

mo.shi.mo.shi./ko.chi.ra.wa.ni.ma.ru.ha.chi.go.u.shi.tsu.de.su./o.fu.ro.no.o.yu.ga.de.na.i.n.de.su.

喂，這裡是二〇八號房，浴室沒有熱水。

Ⓑ 分かりました。今すぐ行きますので、少々お待ちください。

wa.ka.ri.ma.shi.ta./i.ma.su.gu.i.ki.ma.su.no.de./sho.u.sho.u.o.ma.chi.ku.da.sa.i.

知道了，我馬上會過去，請稍等一下。

Ⓐ はい、分かりました。

ha.i./wa.ka.ri.ma.shi.ta.

好，我知道了。

・例・句・

例 トイレの水が流れません。

to.i.re.no.mi.zu.ga.na.ga.re.ma.se.n.

馬桶水沖不出來。

例 エアコンが壊れています。

e.a.ko.n.ga.ko.wa.re.te.i.ma.su.

冷氣壞掉了。

（相關單字）

トイレ 廁所	to.i.re.
電気 電燈	de.n.ki.
蛇口 水龍頭	ja.gu.chi.
テレビ 電視	te.re.bi.
暖房 暖氣	da.n.bo.u.
冷房 冷氣	re.i.bo.u.

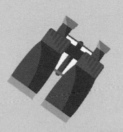

PART 4

購物篇

▶請問有在找甚麼嗎？

何<ruby>なに</ruby>をお探<ruby>さが</ruby>しですか?

na.ni.o.o.sa.ga.shi.de.su.ka.

說明 在店裡購物時，通常可能會被店員以此句詢問有沒有在找甚麼東西等，可以參考下列會話及相關例句來做回應。

•會•話•

A 何<ruby>なん</ruby>をお探<ruby>さが</ruby>しですか?

na.ni.o.o.sa.ga.shi.de.su.ka.

請問有在找甚麼嗎？

B ここはマスクを売<ruby>う</ruby>っていますか?

ko.ko.wa.ma.su.ku.o.u.tte.i.ma.su.ka.

這裡有沒有賣口罩呢？

A はい、売<ruby>う</ruby>っていますよ。こちらです。

ha.i./u.tte.i.ma.su.yo./ko.chi.ra.de.su.

我們有在賣喔，在這邊。

B ありがとうございます。

a.ri.ga.to.u.go.za.i.ma.su.

謝謝。

4
購物篇

·例·句·

例 いいえ、ただ見ているだけです。

i.i.e./ta.da.mi.te.i.ru.da.ke.de.su.

不，我只是看看而已。

例 マスクはありませんか？

ma.su.ku.wa.a.ri.ma.se.n.ka.

有沒有口罩呢？

相關單字

洗顔料 洗面乳	se.n.ga.n.ryo.u.
ローション 化妝水	ro.o.sho.n.
ヘアカラーリング剤 染髮劑	he.a.ka.ra.a.ri.n.gu.za.i.
目薬 眼藥水	me.gu.su.ri.
絆創膏 ＯＫ繃	ba.n.so.u.ko.u.
靴下 襪子	ku.tsu.shi.ta.

▶～多少錢？

～はいくらですか?

wa.i.ku.ra.de.su.ka.

說明 在購物而商品沒有標價時，可以套用此句型來詢問店員價錢。

・會・話・

A すみません…

su.mi.ma.se.n.

不好意思…

B はい。

ha.i.

是的。

A このカバンはいくらですか?

ko.no.ka.ba.n.wa.i.ku.ra.de.su.ka.

這個包包多少錢呢？

B これは五千五百円です。

ko.re.wa.go.se.n.go.hya.ku.e.n.de.su.

這個是五千五百日圓。

④ 購物篇

・例・句・

例 これはいくらですか？

ko.re.wa.i.ku.ra.de.su.ka.

這個多少錢？

例 全部でいくらですか？

ze.n.bu.de.i.ku.ra.de.su.ka.

總共要多少錢？

相關單字

服 衣服	fu.ku.
ジーンズ 牛仔褲	ji.i.n.zu.
靴 鞋子	ku.tsu.
帽子 帽子	bo.u.shi.
ワンピース 連身裙	wa.n.pi.i.su.
ぬいぐるみ 布娃娃	nu.i.gu.ru.mi.

MP3 067

▶有沒有～呢？

～はありませんか?

wa.a.ri.ma.se.n.ka.

說明 購物時的萬用句型之一。可將自己套用想要找的商品名稱，來向店員詢問。

・會・話・

🅐 あのう、手袋はありませんか?

a.no.u./te.bu.ku.ro.wa.a.ri.ma.se.n.ka.

那個，有沒有手套呢？

🅑 ありますよ。 こちらです。

a.ri.ma.su.yo./ko.chi.ra.de.su.

有的，在這裡。

🅐 ありがとうございます。

a.ri.ga.to.u.go.za.i.ma.su.

謝謝。

🅑 いいえ。

i.i.e.

不會。

4 購物篇

・例・句・

㉕ 手袋がありますか？

te.bu.ku.ro.ga.a.ri.ma.su.ka.

有手套嗎？

㉕ 手袋は売っていません。

te.bu.ku.ro.wa.u.tte.i.ma.se.n.

沒有賣手套。

相關單字

売る 賣	u.ru.
買う 買	ka.u.
ある 有	a.ru.
ない 無	na.i.
商品 商品	sho.u.hi.n.
探す 尋找	sa.ga.su.

▶有打折嗎？

割引はありますか?

wa.ri.bi.ki.wa.a.ri.ma.su.ka.

說明 「割引」是日文打折的意思，而「三割引」就是指去掉三成的價錢，為打七折之意。

會・話

Ⓐ すみません、この服はいくらですか？

su.mi.ma.se.n./ko.no.fu.ku.wa.i.ku.ra.de.su.ka.

不好意思，這件衣服多少錢？

Ⓑ これは三千五百円です。

ko.re.wa.sa.n.ze.n.go.hya.ku.e.n.de.su.

這件三千五百日圓。

Ⓐ 割引はありますか？

wa.ri.bi.ki.wa.a.ri.ma.su.ka.

請問有打折嗎？

Ⓑ はい、今は、三割引です。

ha.i./i.ma.wa./sa.n.wa.ri.bi.ki.de.su.

有的，現在打七折。

❹購物篇

背包客 日語便利句

_{基本 要會的}

·例·句·

例 ディスカウントはありますか？

di.su.ka.u.n.to.wa.a.ri.ma.su.ka.

請問有折扣嗎？

例 二十パーセント オフです。

_{にじゅう}

ni.ju.u.pa.a.se.n.to.o.fu.de.su.

有打八折。

相關單字

_{いちわりびき} 一割引 九折	i.chi.wa.ri.bi.ki.
_{にわりびき} 二割引 八折	ni.wa.ri.bi.ki.
_{よんわりびき} 四割引 六折	yo.n.wa.ri.bi.ki.
_{ごわりびき} 五割引 五折	go.wa.ri.bi.ki.
_{ねだん} 値段 價錢	ne.da.n.
_{わりびきけん} 割引券 折價券	wa.ri.bi.ki.ke.n.

MP3 069

> ▶有含稅嗎？

税込みですか？
ぜ い こ

ze.i.ko.mi.de.su.ka.

說明 有些商品上寫的價錢可能是未含稅金的價錢，因此可以用此句來詢問店員。

•會•話•

A このお菓子はいくらですか？
か し

ko.no.o.ka.shi.wa.i.ku.ra.de.su.ka.

這個糕點要多少錢？

B 八百円です。
はっぴゃくえん

ha.ppya.ku.e.n.de.su.

八百日圓。

A 税込みですか？
ぜ い こ

ze.i.ko.mi.de.su.ka.

是含稅嗎？

B はい、税込みです。
ぜ い こ

ha.i./ze.i.ko.mi.de.su.

是的，這是含稅的。

4 購物篇

・**例・句**・

例 税金は何パーセントですか？

ze.i.ki.n.wa.na.n.pa.a.se.n.to.de.su.ka.

有百分之幾的税金呢？

例 五パーセントです。

go.pa.a.se.n.to.de.su.

百分之五。

相關單字

税金 税金	ze.i.ki.n.
消費税 消費税	sho.u.hi.ze.i.
税抜き 不含税	ze.i.nu.ki.
免税店 免税店	me.n.ze.i.te.n.
レシート 收據	re.shi.i.to.
領収書 收據	ryo.u.shu.u.sho.

▶請問可以試穿嗎？

試着（しちゃく）してもいいですか？

shi.cha.ku.shi.te.mo.i.i.de.su,ka.

說明 在日本不一定每家店都能夠試穿，因此選購時，先用此句詢問店員確定是否可以試穿以示禮貌。

・會・話・

A あのう、すみません…

a.no.u./su.mi.ma.se.n.

那個，不好意思…

B はい。

ha.i.

是的。

A この服（ふく）を試着（しちゃく）してもいいですか？

ko.no.fu.ku.o.shi.cha.ku.shi.te.mo.i.i.de.su.ka.

這件衣服可以試穿嗎？

B いいですよ。どうぞ。

i.i.de.su.yo./do.u.zo.

可以喔，請。

4
購物篇

例・句

⑳ すみませんが、当店ではご試着はできません。

su.mi.ma.se.n.ga./to.u.te.n.de.wa.go.shi.cha.ku.wa.de.ki.ma.se.n.

不好意思，本店沒有提供試穿的服務。

相關單字

洋服屋さん 服飾店	yo.u.fu.ku.ya.sa.n.
靴屋さん 鞋店	ku.tsu.ya.sa.n.
更衣室 更衣室	ko.u.i.shi.tsu.
試着室 更衣室	shi.cha.ku.shi.tsu.
鏡 鏡子	ka.ga.mi.
試食 試吃	shi.sho.ku.

▶請問更衣室在哪裡？

試着室はどこですか?

shi.cha.ku.shi.tsu.wa.do.ko.de.su.ka.

說明「試着室」、「更衣室」都是更衣室的意思。此句型用來詢問店家的試衣間在哪裡。

◆會‧話◆

A すみませんが、試着室はどこですか？
su.mi.ma.se.n.ga./shi.cha.ku.shi.tsu.wa.do.ko.de.su.ka.
不好意思，請問更衣室在哪裡？

B ご試着ですね。こちらへどうぞ。
go.shi.cha.ku.de.su.ne./ko.chi.ra.e.do.u.zo.
是要試穿對吧，這邊請。

A はい、ありがとうございます。
ha.i./a.ri.ga.to.u.go.za.i.ma.su.
好的，謝謝。

◆例‧句◆

例 右側に試着室がございます。
mi.gi.ga.wa.ni.shi.cha.ku.shi.tsu.ga.go.za.i.ma.su.
更衣室在右邊。

④ 購物篇

例 少々お待ちください。

sho.u.sho.u.o.ma.chi.ku.da.sa.i.

請稍等一下。

（相關單字）

こういしつ **更衣室** 更衣室	ko.u.i.shi.tsu.
しちゃく **試着** 試穿	shi.cha.ku.
ひだりがわ **左側** 左側	hi.da.ri.ga.wa.
ぬ **脱ぐ** 脱	nu.gu.
き **着る** 穿	ki.ru.
は **履く** 穿（鞋子等）	ha.ku.

▶這個有點不太合我的身

これはちょっとサイズが合いません。

ko.re.wa.cho.tto.sa.i.zu.ga.a.i.ma.se.n.

說明 在試穿後，如果覺得衣服尺寸等不太合自己時，可以用這句來表示。

·會·話·

Ⓐ いかがでしょうか？

i.ka.ga.de.sho.u.ka.

穿起來怎麼樣呢？

Ⓑ これはちょっとサイズが合いません。

ko.re.wa.cho.tto.sa.i.zu.ga.a.i.ma.se.n.

這個有點不太合我的身。

Ⓐ そうなんですか、では、このサイズはどうですか？

so.u.na.n.de.su.ka./de.wa./ko.no.sa.i.zu.wa.do.u.de.su.ka.

這樣啊，那要不要試試看這個尺寸？

Ⓑ じゃ、これを試着します。

ja./ko.re.o.shi.cha.ku.shi.ma.su.

那我試穿看看這個。

4 購物篇

・例・句・

例 ちょっと似合わないです。

cho.tto.ni.a.wa.na.i.de.su.

（樣式）有點不太適合。

例 私にはちょっと合わないみたいです。

wa.ta.shi.ni.wa.cho.tto.a.wa.na.i.mi.ta.i.de.su.

好像有點不太合我的身。

相關單字

似合う 適合	ni.a.u.
似合わない 不適合	ni.a.wa.na.i.
サイズ 尺寸	sa.i.zu.
色 顏色	i.ro.
材質 材質	za.i.shi.tsu.
柄 花樣	ga.ra.

▶很合身

ぴったりです

pi.tta.ri.de.su.

說明 在試穿衣服、褲子或鞋子等時候，表示很合身、合腳的意思。

◆會‧話◆

Ⓐ ご試着お疲れ様でした。いかがでしょうか？

go.shi.cha.ku.o.tsu.ka.re.sa.ma.de.shi.ta./i.ka.ga.de.sho.u.ka.

試穿辛苦了，覺得怎麼樣呢？

Ⓑ ぴったりです。これを買います。

pi.tta.ri.de.su./ko.re.o.ka.i.ma.su.

很合身，我要買這個。

Ⓐ ありがとうございます。

a.ri.ga.to.u.go.za.i.ma.su.

謝謝。

◆例‧句◆

例 ちょうどいいです。

cho.u.do.i.i.de.su.

剛剛好。

④ 購物篇

例 着心地がいいです。

ki.go.ko.chi.ga.i.i.de.su.

穿起來感覺很舒服。

(相關單字)

好き 喜歡	su.ki.
嫌い 討厭	ki.ra.i.
綺麗 漂亮	ki.ra.i.
可愛い 可愛	ka.wa.i.i.
美しい 美麗	u.tsu.ku.shi.i.
かっこういい 帥	ka.kko.u.i.i.

▶有沒有大一點的呢？

もっと大きいのはありませんか?

mo.tto.o.o.ki.i.no.wa.a.ri.ma.se.n.ka.

説明 「もっと」是指更、再的意思。可運用此句型向店員詢問商品有沒有自己想要的尺寸。

・會・話・

Ⓐ すみません、この商品、もっと大きいのはありませんか?

su.mi.ma.se.n./ko.no.sho.u.hi.n./mo.tto.o.o.ki.i.no.wa.a.ri.ma.se.n.ka.

不好意思，這個商品有沒有再大一點的？

Ⓑ ありますよ。少々お待ちください。

a.ri.ma.su.yo./sho.u.sho.u.o.ma.chi.ku.da.sa.i.

有的，請稍等一下。

Ⓑ はい、こちらです。

ha.i./ko.chi.ra.de.su.

來，在這裡。

Ⓐ ありがとうございます。

a.ri.ga.to.u.go.za.i.ma.su.

謝謝。

④ 購物篇

背包客 基本要會的 日語便利句

例・句

例 もっと小さいのはありますか？

mo.tto.chi.i.sa.i.no.wa.a.ri.ma.su.ka.

有小一點的嗎？

例 すみませんが、この商品はワンサイズ
です。

su.mi.ma.se.n.ga./ko.no.sho.u.hi.n.wa.wa.n.sa.i.
zu.de.su.

不好意思，這個商品是單一尺寸的。

相關單字

種類 shゅるい 種類	shu.ru.i.
大きい おお 大的	o.o.ki.i.
小さい ちい 小的	chi.i.sa.i.
長い なが 長的	na.ga.i.
短い みじか 短的	mi.ji.ka.i.

075

▶有其它的尺寸嗎？

ほかのサイズはありますか?

ho.ka.no.sa.i.zu.wa.a.ri.ma.su.ka.

說明 「サイズ」就是尺寸的意思。此句用來向店員詢問商品有沒有其它的尺寸規格。

・**會・話・**

Ⓐ あのう、これはほかのサイズはありますか?

a.no.u./ko.re.wa.ho.ka.no.sa.i.zu.wa.a.ri.ma.su.ka.

那個，這個有其它的尺寸嗎？

Ⓑ もっと大きいのですか?

mo.tto.o.o.ki.i.no.de.su.ka.

要再大一點的嗎？

Ⓐ いいえ、もっと小さいのです。

i.i.e./mo.tto.chi.i.sa.i.no.de.su.

不，我要再小一點的。

Ⓑ はい、少々お待ちください。

ha.i./sho.u.sho.u.o.ma.chi.ku.da.sa.i.

好的，請稍等一下。

④
購物篇

163

·例·句·

例 少し小さなサイズはありますか？

su.ko.shi.chi.i.sa.i.na.sa.i.zu.wa.a.ri.ma.su.ka.

有稍微小一點的尺寸嗎？

例 サイズ違いはありますか？

sa.i.zu.chi.ga.i.wa.a.ri.ma.su.ka.

有不同的尺寸嗎？

相關單字

Ｓサイズ S 號	e.su.sa.i.zu.
Ｍサイズ M 號	e.mu.sa.i.zu.
Ｌサイズ L 號	e.ru.sa.i.zu.
センチ 公分	se.n.chi.
メートル 公尺	me.e.to.ru.

076

▶有其它的種類嗎?

ほかの種類はありますか?

ho.ka.no.shu.ru.i.wa.a.ri.ma.su.ka.

說明 用來向店員詢問商品的種類有哪些時,可以這樣表示。

・會・話・

A これ、ほかの種類はありますか?

ko.re./ho.ka.no.shu.ru.i.wa.a.ri.ma.su.ka.

這個有其它的種類嗎?

B どんなのが好きですか?

do.n.na.no.ga.su.ki.de.su.ka.

你比較喜歡怎樣的種類?

A もっと可愛い感じのほうがいいです。

mo.tto.ka.wa.i.i.ka.n.ji.no.ho.u.ga.i.i.de.su.

想要比較可愛一點的。

B では、こちらのはいかがでしょうか?

de.wa./ko.chi.ra.no.wa.i.ka.ga.de.sho.u.ka.

那這個怎麼樣呢?

4 購物篇

背包客 日語便利句
基本 要會的

例・句

例 どんな種類がありますか？
しゅるい
do.n.na.shu.ru.i.ga.a.ri.ma.su.ka.
有怎樣的種類？

例 どんな違いがありますか？
ちが
do.n.na.chi.ga.i.ga.a.ri.ma.su.ka.
有怎樣的差別？

相關單字

赤ちゃん用 あか　　　よう 嬰兒用	a.ka.cha.n.yo.u.
子供用 こどもよう 小孩用	ko.do.mo.yo.u.
大人用 おとなよう 大人用	o.to.na.yo.u.
男性用 だんせいよう 男性用	da.n.se.i.yo.u.
女性用 じょせいよう 女性用	jo.se.i.yo.u.

▶請問有其它的顏色嗎？

ほかの色がありますか？

ho.ka.no.i.ro.ga.a.ri.ma.su.ka.

說明 詢問商品有沒有其它的顏色或自己想要的顏色時，就可以這樣表示。

・會・話・

Ⓐ すみません、これほかの色があります
か？

su.mi.ma.se.n./ko.re.ho.ka.no.i.ro.ga.a.ri.ma.su.
ka.

不好意思，這個，有其它的顏色嗎？

Ⓑ どんな色がいいですか？

do.n.na.i.ro.ga.i.i.de.su.ka.

你想要甚麼顏色呢？

Ⓐ えーと、ピンクがいいです。

e.e.to./pi.n.ku.ga.i.i.de.su.

嗯，粉紅色的比較好。

Ⓑ はい、あります。こちらです。

ha.i./a.ri.ma.su./ko.chi.ra.de.su.

好的，我們有粉紅色。在這裡。

4
購物篇

167

◆例・句◆

例 どんな色がありますか？

do.n.na.i.ro.ga.a.ri.ma.su.ka.

有甚麼顏色？

例 黒のはありますか？

ku.ro.no.wa.a.ri.ma.su.ka.

有黑色的嗎？

（相關單字）

赤 紅色	a.ka.
オレンジ色 橘色	o.re.n.ji.i.ro.
緑 綠色	mi.do.ri.
ブルー 藍色	bu.ru.u.
白 白色	shi.ro.
茶色 茶色	cha.i.ro.

▶有點貴

ちょっと高いです

cho.tto.ta.ka.i.de.su.

説明 「高い」是高的意思，而用在價錢上就是
指價錢高、很貴的意思。

•會•話•

Ⓐ あのう、これはいくらですか？

a.no.u./ko.re.wa.i.ku.ra.de.su.ka.

那個，這個要多少錢？

Ⓑ それは二千七百円です。

so.re.wa.ni.se.n.na.na.hya.ku.e.n.de.su.

那個是兩千七百日圓。

Ⓐ そっか、ちょっと高いですね。

so.kka./cho.tto.ta.ka.i.de.su.ne.

這樣啊，有點貴呢。

Ⓑ ええ、それは期間限定の商品ですから、
ほかの商品と比べたら少し高いかもし
れません。

e.e./so.re.wa.ki.ka.n.ge.n.te.i.no.sho.u.hi.n.de.
su.ka.ra./ho.ka.no.sho.u.hi.n.to.ku.ra.be.ta.ra.su.
ko.shi.ta.ka.i.ka.mo.shi.re.ma.se.n.

4
購
物
篇

嗯，因為那個是期間限定的商品，所以和其它的比起來會稍微貴一點。

例・句

例 これは高すぎます。

ko.re.wa.ta.ka.su.gi.ma.su.

這個太貴了。

例 そんなに高くはないです。

so.n.na.ni.ta.ka.ku.wa.na.i.de.su.

沒有那麼貴。

相關單字

商品 しょうひん 商品	sho.u.hi.n.
値段 ねだん 價錢	ne.da.n.
価格 かかく 價格	ka.ka.ku.
高級 こうきゅう 高級	ko.u.kyu.u.
高い たか 貴	ta.ka.i.
安い やす 便宜	ya.su.i.

▶有便宜一點的嗎？

もう少し安いのはありませんか？

mo.u.su.ko.shi.ya.su.i.no.wa.a.ri.ma.se.n.ka.

說明「少し」是稍微、一點的意思。覺得商品價格太高時，可以用此句來詢問看看有沒有其它比較便宜的。

4 購物篇

・會・話・

Ⓐ これっていくらですか？

ko.re.tte.i.ku.ra.de.su.ka.

這個多少錢呢？

Ⓑ そちらは三千二百円です。

so.chi.ra.wa.sa.n.ze.n.ni.hya.ku.e.n.de.su.

那個是三千兩百日圓。

Ⓐ そっか…。もう少し安いのはありませんか？

so.kka./mo.u.su.ko.shi.ya.su.i.no.wa.a.ri.ma.se.n.ka.

這樣啊…。有沒有再便宜一點的？

Ⓑ では、こちらはいかがでしょうか？こちらは二千八百円です。

de.wa./ko.chi.ra.wa.i.ka.ga.de.sho.u.ka./ko.chi.
ra.wa.ni.se.n.ha.ppa.ku.e.n.de.su.

那麼，這個怎麼樣呢？這個的話是兩千八百日圓。

・例・句・

例 <ruby>一番安<rt>いちばんやす</rt></ruby>いのはどれですか？

i.chi.ba.n.ya.su.i.no.wa.do.re.de.su.ka.

最便宜的是哪個？

例 <ruby>安<rt>やす</rt></ruby>いけど<ruby>品質<rt>ひんしつ</rt></ruby>はよくない。

ya.su.i.ke.do.hi.n.shi.tsu.wa.yo.ku.na.i.

雖然便宜但是品質不好。

相關單字

<ruby>値上<rt>ねあ</rt></ruby>げ 漲價	ne.a.ge.
<ruby>値下<rt>ねさ</rt></ruby>げ 降價	ne.sa.ge.
<ruby>半額<rt>はんがく</rt></ruby> 半價	ha.n.ga.ku.
セール 促銷拍賣	se.e.ru.
<ruby>品質<rt>ひんしつ</rt></ruby> 品質	hi.n.shi.tsu.

MP3 080

▶可以算便宜一點嗎？

もう少し安くしてもらえませんか?

もう<ruby>少<rt>すこ</rt></ruby>し<ruby>安<rt>やす</rt></ruby>くしてもらえませんか?

mo.u.su.ko.shi.ya.su.ku.shi.te.mo.ra.e.ma.se.n.ka.

說明 在日本消費時，其實通常都是不太能殺價的，但是如果大量購物或是真的預算不足等時候，可以用此句來詢問看看。

•會•話•

Ⓐ このカバンは<ruby>六千二百円<rt>ろくせんにひゃくえん</rt></ruby>ですか？

ko.no.ka.ba.n.wa./ro.ku.se.n./ni.hya.ku.e.n.de.
su.ka.

這個包包是六千兩百日圓嗎？

Ⓑ はい、そうです。

ha.i./so.u.de.su.

是的。

Ⓐ あのう、<ruby>少<rt>すこ</rt></ruby>し<ruby>安<rt>やす</rt></ruby>くしてもらえませんか？

a.no.u./su.ko.shi.ya.su.ku.shi.te.mo.ra.e.ma.se.
n.ka.

那個，可以算便宜一點嗎？

Ⓑ えーと、それはちょっと<ruby>難<rt>むずか</rt></ruby>しいです…

e.e.to./so.re.wa.cho.tto.mu.zu.ka.shi.i.de.su.

嗯，可能有點困難…

背包客 <small>基本
要會的</small>
日語便利句

例・句

例 もう少し安くなりますか？

mo.u.su.ko.shi.ya.su.ku.na.ri.ma.su.ka.

可以便宜一點嗎？

例 百円おまけします。

hya.ku.e.n.o.ma.ke.shi.ma.su.

便宜一百日圓給你。

相關單字

ショッピング 購物	sho.ppi.n.gu.
買い物 購物	ka.i.mo.no.
割引 打折	wa.ri.bi.ki.
バーゲン 促銷拍賣	ba.a.ge.n.
おまけ 減價、贈品	o.ma.ke.

▶超出預算了

予算を超えてしまいました

yo.sa.n.o.ko.e.te.shi ma.i.ma.shi.ta.

説明 「超える」是超過、超出的意思。因此在購物超出預算時可以這樣向店員表示。

會・話

Ⓐ 全部でいくらですか？

ze.n.bu.de.i.ku.ra.de.su.ka.

總共是多少錢？

Ⓑ 全部で六千七百円になります。

ze.n.bu.de.ro.ku.se.n.na.na.hya.ku.e.n.ni.na.ri.ma.su.

總共是六千七百日圓。

Ⓐ あっ、ちょっと予算を超えちゃったので…。じゃ、この小さいのをやめます。

a./cho.tto.yo.sa.n.o.ko.e.cha.tta.no.de./ja./ko.no.chi.i.sa.i.no.o.ya.me.ma.su.

啊呀，超過預算了…。那這個小的先不買。

Ⓑ はい、分かりました。

ha.i./wa.ka.ri.ma.shi.ta.

好的，我知道了。

4 購物篇

175

•例•句•

例 予算が足りないです。

yo.sa.n.ga.ta.ri.na.i.de.su.

預算不足。

例 予算はどれくらいですか？

yo.sa.n.wa.do.re.ku.ra.i.de.su.ka.

預算大概有多少？

相關單字

お金 錢	o.ka.ne.
足りる 足夠	ta.ri.ru.
足りない 不足	ta.ri.na.i.
予算オーバー 超出預算	yo.sa.n.o.o.ba.a.

▶請給我～

～をください

o.ku.da.sa.i.

說明 在購物時，可以套用此句型向店員表示自己要買的東西。

會・話

A すみません、それはいくらですか？
su.mi.ma.se.n./so.re.wa.i.ku.ra.de.su.ka.
不好意思，請問那個多少錢？

B これは六百円です。
ko.re.wa.ro.ppya.ku.e.n.de.su.
這個是六百日圓。

A じゃ、それを一つください。
ja./so.re.o.hi.to.tsu.ku.da.sa.i.
那麼，請給我一個。

B はい、分かりました。
ha.i./wa.ka.ri.ma.shi.ta.
好的，我知道了。

④購物篇

·例·句·

例 これをください。

　ko.re.o.ku.da.sa.i.

　請給我這個。

例 これですか？

　ko.re.de.su.ka.

　是這個嗎？

（相關單字）

<ruby>二<rt>ふた</rt></ruby>つ 兩個	fu.ta.tsu.
<ruby>三<rt>みっ</rt></ruby>つ 三個	mi.ttsu.
<ruby>四<rt>よっ</rt></ruby>つ 四個	yo.ttsu.
<ruby>五<rt>いっ</rt></ruby>つ 五個	i.tsu.tsu.
<ruby>六<rt>むっ</rt></ruby>つ 六個	mu.ttsu.

▶我要～

～にします

ni.shi.ma.su.

說明 「～にする」就是指自己要選擇哪個的意思。因此在購物時，也可以這樣表示。

・會・話・

Ⓐ あのう、これほかはどんな色がありますか？

a.no.u./ko.re.ho.ka.wa.do.n.na.i.ro.ga.a.ri.ma.su.ka.

那個，這個其它還有甚麼顏色？

Ⓑ ピンクとオレンジ色がありますよ。

pi.n.ku.to.o.re.n.ji.i.ro.ga.a.ri.ma.su.yo.

還有粉紅色和橘色。

Ⓐ じゃ、オレンジ色にします。

ja./o.re.n.ji.i.ro.ni.shi.ma.su.

那我要橘色的。

Ⓑ はい、少々お待ちください。

ha.i./sho.u.sho.u.o.ma.chi.ku.da.sa.i.

好的，請稍等一下。

4
購物篇

·例·句·

㉕ どれにしますか？

do.re.ni.shi.ma.su.ka.

你要哪一個？

㉕ これにします。

ko.re.ni.shi.ma.su.

我要這個。

(相關單字)

これ 這個（離自己近）	ko.re.
それ 那個（離對方近）	so.re.
あれ 那個（離自己和對方都遠）	a.re.
どっち 哪個（二選一）	do.cchi.
どれ 哪個（三個以上選一）	do.re.

▶我要買～

～を買います。

o.ka.i.ma.su.

說明 「買う」是買的意思。而表示要買～就以此句型來表達。

•會•話•

Ⓐ これは可愛いですね。

ko.re.wa.ka.wa.i.i.de.su.ne.

這個好可愛呢。

Ⓑ そうですね。今、この商品は二割引になりますよ。

so.u.de.su.ne./i.ma./ko.no.sho.u.hi.n.wa.ni.wa.ri.bi.ki.ni.na.ri.ma.su.yo.

對啊，而且現在這個商品有打八折喔。

Ⓐ そうですか、じゃあ、これを買います。

so.u.de.su.ka./ja.a./ko.re.o.ka.i.ma.su.

這樣啊，那我要買這個。

Ⓑ はい、ありがとうございます。

ha.i./a.ri.ga.to.u.go.za.i.ma.su.

好的，謝謝您。

4 購物篇

181

◆ 例・句 ◆

例 何をお探しですか？

na.ni.o.o.sa.ga.shi.de.su.ka.

你想要找什麼呢？

例 これを買いたいです。

ko.re.o.ka.i.ta.i.de.su.

我想要買這個。

（相關單字）

買う 買	ka.u.
売る 賣	u.ru.
ショッピング 購物	sho.ppi.n.gu.
買い物 購物	ka.i.mo.no.
衝動買い 衝動購物	sho.u.do.u.ga.i.

MP3 085

▶不買了

やめます

ya.me.ma.su.

說明 「やめる」是停止、作廢的意思。而在購物上可以用來表示不買甚麼東西的意思。

・會・話・

A 全部でいくらですか？

ze.n.bu.de.i.ku.ra.de.su.ka.

總共是多少錢？

B 全部で千七百円になります。

ze.bu.de.se.n.na.na.hya.ku.e.n.ni.na.ri.ma.su.

總共是一千七百日圓。

A すみません、やっぱりこれをやめます。

su.mi.ma.se.n./ya.ppa.ri.ko.re.o.ya.me.ma.su.

不好意思，我還是不買這個了。

B はい。では、千三百円になります。

ha.i./de.wa./se.n.sa.n.pya.ku.e.n.ni.na.ri.ma.su.

好的，那麼這樣是一千三百日圓。

例・句

例 これをやめます。

ko.re.o.ya.me.ma.su.

不買這個了。

例 注文した商品をキャンセルしたいです。

chu.u.mo.n.shi.ta.sho.u.hi.n.no.kya.n.se.ru.shi.ta.
i.de.su.

訂購的商品可以取消嗎？

相關單字

注文 訂購	chu.u.mo.n.
購入 買進	ko.u.nyu.u.
キャンセル 取消	kya.n.se.ru.
変更 變更	he.n.ko.u.
取り消す 取消、撤銷	to.ri.ke.su.

▶要用刷卡付帳

カードで払<ruby>はら</ruby>います

ka.a.do.de.ha.ra.i.ma su.

說明 「カード」是「クレジットカード」的簡稱，是指信用卡的意思。結帳時要刷卡就可以這樣表示。

•會•話•

🅐 会計<ruby>かいけい</ruby>をお願<ruby>ねが</ruby>いします。

ka.i.ke.i.o.o.ne.ga.i.shi.ma.su.

麻煩結帳。

🅑 はい、全部<ruby>ぜんぶ</ruby>で一万二千円<ruby>いちまんにせんえん</ruby>になります。

ha.i./ze.n.bu.de.i.chi.ma.n.ni.se.n.e.n.ni.na.ri.
ma.su.

好的，總共是一萬兩千日圓。

🅐 カードで払<ruby>はら</ruby>います。

ka.a.do.de.ha.ra.i.ma.su.

我要用刷卡。

🅑 はい、少々<ruby>しょうしょう</ruby>お待<ruby>ま</ruby>ちください。

ha.i./sho.u.sho.u.o.ma.chi.ku.da.sa.i.

好的，請稍等一下。

4
購物篇

背包客 基本要會的
日語 便利句

+ 例・句 +

例 カードでお願いします。

ka.a.do.de.o.ne.ga.i.shi.ma.su.

麻煩用刷卡。

例 カードが使えますか？

ka.a.do.ga.tsu.ka.e.ma.su.ka.

能刷卡嗎？

(相關單字)

お会計 結帳	o.ka.i.ke.i.
支払う 付帳	shi.ha.ra.u.
現金 現金	ge.n.ki.n.
キャッシュ 現金	kya.sshu.
おつり 找零	o.tsu.ri.

MP3 087

▶請分開包裝

別々で包んでください
<small>べつべつ　つつ</small>

be.tsu.be.tsu.de.tsu.tsu n.de.ku.da.sa.i.

說明 購物時，如果需要將商品分開包裝的時候，就可以這樣告知店員。

•會•話•

A 会計をお願いします。
<small>かいけい　　　　ねが</small>

ka.i.ke.i.o.o.ne.ga.i.shi.ma.su.

請麻煩結帳。

B はい、全部で千二百円になります。
<small>ぜんぶ　　せんにひゃくえん</small>

ha.i./ze.n.bu.de.se.n.ni.hya.ku.en.ni.na.ri.ma.su.

好的，總共是一千兩百日圓。

A この二つを別々に包んでください。
<small>ふた　　べつべつ　つつ</small>

ko.no.fu.ta.tsu.o.be.tsu.be.tsu.ni.tsu.tsu.n.de.ku.
da.sa.i.

麻煩這兩個分開包裝。

B はい、少々お待ちください。
<small>しょうしょう　ま</small>

ha.i./sho.u.sho.u.o.ma.chi.ku.da.sa.i.

好的，請稍等。

4
購物篇

背包客 基本要會的
日語 便利句

例・句

例 きれいにラッピングしてください。

ki.re.i.ni.ra.ppi.n.gu.shi.te.ku.da.sa.i.

請幫我包裝得漂亮一點。

例 ラッピングは有料ですか？

ra.ppi.n.gu.wa.yu.u.ryo.u.de.su.ka.

包裝是有收費嗎？

相關單字

一緒に いっしょ 一起	i.ssho.ni.
包装 ほうそう 包裝	ho.u.so.u.
無料 むりょう 免費	mu.ryo.u.
有料 ゆうりょう 收費	yu.u.ryo.u.
リボン 緞帶	ri.bo.n.
シール 貼紙	shi.i.ru.

MP3 088

▶請給我收據

レシートをください

re.shi.i.to.o.ku.da.sa.i.

說明 在日本購物時，並不是每家店一定會給收據，所以當需要收據的時候，就可以說這句向店員索取。

•會•話•

4
購物篇

Ⓐ 全部で八百円になります。

ze.n.bu.de.ha.ppya.ku.e.n.ni.na.ri.ma.su.

總共是八百日圓。

Ⓑ はい。 あのう、レシートをください。

ha.i./a.no.u./re.shi.i.to.o.ku.da.sa.i.

好的。那個，請給我收據。

Ⓐ はい、どうぞ。

ha.i./do.u.zo.

好的，給你。

Ⓑ どうも。

do.u.mo.

謝謝。

背包客 基本要會的
日語便利句

例・句

例 レシートは要りますか？

re.shi.i.to.wa.i.ri.ma.su.ka.

需要收據嗎？

例 レシートは要らないです。

re.shi.i.to.wa.i.ra.na.i.de.su.

不需要收據。

相關單字

領収書 收據	ryo.u.shu.u.sho.
明細 明細	me.i.sa.i.
金額 金額	ki.n.ga.ku.
合計 合計	go.u.ke.i.
お預かり 收存、保管（付的錢）	o.a.zu.ka.ri.
お釣り 找零	o.tsu.ri.

▶ 錢好像算錯了

計算が間違ってるみたいです

ke.i.sa.n.ga.ma.chi.ga.tte.ru.mi.ta.i.de.su.

說明 在購物結帳時，發現店員結帳的價錢和實際的金額不對時，就可以用此句來向店員指正。

•會•話•

🅐 全部で六百二十円になります。

ze.n.bu.de.ro.ppya.ku.ni.ju.u.e.n.ni.na.ri.ma.su.

總共是六百二十圓。

🅑 えっ、あのう、計算が間違ってるみたいです。

e./a.no.u./ke.i.sa.n.ga.ma.chi.ga.tte.ru.mi.ta.i.de.su.

咦，那個錢好像算錯了。

🅐 あっ、すみません。全部で五百二十円です。

a./su.mi.ma.se.n./ze.n.bu.de.go.hya.ku.ni.ju.u.e.n.de.su.

啊，不好意思，總共是五百二十日圓。

🅑 はい。

ha.i.

好的。

❹ 購物篇

·例·句·

例 店員が会計を間違えました。

te.n.i.n.ga.ka.i.ke.i.o.ma.chi.ga.e.ma.shi.ta.

店員算錯錢了。

例 この商品は買っていません。

ko.no.sho.u.hi.n.wa.ka.tte.i.ma.se.n.

我沒有買這個商品。

（相關單字）

会計 付款	ka.i.ke.i.
問題 問題	mo.n.da.i.
正しい 正確的	ta.da.shi.i.
間違い 錯誤	ma.chi.ga.i.
足す 加	ta.su.
引く 減	hi.ku.

MP3 090

►賞味期限到甚麼時候？

賞味期間はいつまでですか？

sho.u.mi.ki ka.n.wa.i.tsu.ma.de.de.su.ka.

說明 日本的食品通常會標示保存期限，而若是有不清楚商品的保存期限到甚麼時候就可以這樣詢問。

•會•話•

Ⓐ あのう、このお菓子の賞味期間はいつまでですか？

a.no.u./ko.no.o.ka.shi.no.sho.u.mi.ki.ka.n.wa.i.tsu.ma.de.de.su.ka.

那個，這個點心的賞味期限到甚麼時候？

Ⓑ 来週の日曜日です。

ra.i.shu.u.no.ni.chi.yo.u.bi.de.su.

到下星期日。

Ⓐ 分かりました。ありがとう。

wa.ka.ri.ma.shi.ta./a.ri.ga.to.u.

我知道了，謝謝。

Ⓑ どういたしまして。

do.u.i.ta.shi.ma.shi.te.

不客氣。

4 購物篇

背包客 日語便利句
基本要會的

例・句

例 保存期間はどのくらいですか？

ho.zo.n.ki.ka.n.wa.do.no.ku.ra.i.de.su.ka.

保存期限有多久？

例 保存期間は一ケ月ぐらいです。

ho.zo.n.ki.ka.n.wa.i.kka.ge.tsu.gu.ra.i.de.su.

保存期限大概有一個月。

相關單字

食品 食品	sho.ku.hi.n.
食べ物 食物	ta.be.mo.no.
飲み物 飲料	no.mi.mo.no.
防腐剤 防腐劑	ho.u.fu.za.i.
冷凍 冷凍	re.i.to.u.
冷蔵 冷藏	re.i.zo.u.

▶請問可以退貨嗎？

へんぴん
返品できますか？

he.n.pi.n.de.ki.ma.su.ka.

說明 「返品」是退貨的意思。日本商店並不是每家店都能接受退貨，所以購物前務必三思，但若遇到需要退貨的情況時就利用此句來表達。

•會•話•

Ⓐ すみません、これを返品できますか？

su.mi.ma.se.n./ko.re.o.he.n.pi.n.de.ki.ma.su.ka.

不好意思，這個可以退貨嗎？

Ⓑ はい、できます。レシートをお持ちですか？

ha.i./de.ki.ma.su./re.shi.i.to.o.o.mo.chi.de.su.ka.

可以的。請問有帶收據嗎？

Ⓐ はい、これです。

ha.i./ko.re.de.su.

有，這個。

Ⓑ はい、少々お待ちください。

ha.i./sho.u.sho.u.o.ma.chi.ku.da.sa.i.

好的，請稍等一下。

4
購物篇

195

例・句

例 これを返品したいんですが、できますか？

ko.re.o.he.n.pi.n.shi.ta.i.n.de.su.ga./de.ki.ma.su.ka.

我想要退還這個商品，可以嗎？

例 弊店では返品を受け付けることができません。

he.i.te.n.de.wa.he.n.pi.n.o.u.ke.tsu.ke.ru.ko.to.ga.de.ki.ma.se.n.

本店沒有接受退貨的服務。

相關單字

不良品 瑕疵品	fu.ryo.u.hi.n.
変更 更換	he.n.ko.u.
キャンセル 取消	kya.n.se.ru.
領収書 收據	ryo.u.shu.u.sho.
レシート 收據	re.shi.i.to.

▶營業時間從幾點到幾點？

営業時間は何時から何時までですか?

e.i.gyo.u.ji.ka.n.wa.na.n.ji.ka.ra.na.n.ji.ma.de. de.su.ka.

說明 想要向任何店家確認營業時間時，就可以這樣提問。

•會•話•

Ⓐ あのう、営業時間は何時から何時までですか?

a.no.u./e.i.gyo.u.ji.ka.n.wa.na.n.ji.ka.ra.na.n.ji. ma.de.de.su.ka.

那個，請問營業時間從幾點到幾點？

Ⓑ 朝十時から夜七時までです。

a.sa.ju.u.ji.ka.ra.yo.ru.shi.chi.ji.ma.de.de.su.

從早上十點到晚上七點。

Ⓐ 分かりました。ありがとうございます。

wa.ka.ri.ma.shi.ta./a.ri.ga.to.u.go.za.i.ma.su.

我知道了，謝謝。

B どういたしまして。

do.u.i.ta.shi.ma.shi.te.

不客氣。

（例・句）

例 何時から開店ですか？

na.n.ji.ka.ra.ka.i.te.n.de.su.ka.

幾天開始營業？

例 今日は何時に閉まりますか？

kyo.u.wa.na.n.ji.ni.shi.ma.ri.ma.su.ka.

今天幾點打烊？

（相關單字）

オープン 開店	o.o.pu.n.
開店 開店	ka.i.te.n.
閉店 打烊	he.i.te.n.
営業中 營業中	e.i.gyo.u.chu.u.
準備中 準備中	ju.n.bi.chu.u.

▶這個是哪裡製的？

これはどこ製ですか?

ko.re.wa.do.ko.se.i.de.su.ka.

說明 這裡的「製」就是「製造」的意思，而在購物時想要確認商品的製造處的話，就可以這樣詢問。

・會・話・

A すみません、この腕時計はどこ製ですか?

su.mi.ma.se.n./ko.no./u.de.do.ke.i.wa.do.ko.se.i.de.su.ka.

不好意思，請問這個手錶是哪裡製造的？

B これはドイツ製です。

ko.re.wa.do.i.tsu.se.i.de.su.

這個是德國製的。

A スイス製のはありませんか?

su.i.su.se.i.no.wa.a.ri.ma.se.n.ka.

有瑞士製的嗎？

B スイス製のはこれですよ。

su.i.su.se.i.no.wa.ko.re.de.su.yo.

瑞士製的是這個唷。

例・句

例 この果物（くだもの）はどこ産（さん）ですか？

ko.no.ku.da.mo.no.wa.do.ko.sa.n.de.su.ka.

這個水果是哪裡產的？

例 これは日本産（にっぽんさん）です。

ko.re.wa.ni.ppo.n.sa.n.de.su.

這個是日本產。

相關單字

製造（せいぞう） 製造	se.i.zo.u.
生産（せいさん） 生產	se.i.sa.n.
国（くに） 國家	ku.ni.
県（けん） 縣	ke.n.
輸入（ゆにゅう） 輸入	yu.nyu.u.
輸出（ゆしゅつ） 出口	yu.shu.tsu.

▶可以給我多的紙袋嗎？

余分に紙袋をもらえますか？

yo.bu.n.ni.ka.mi bu.ku.ro.o.mo.ra.e.ma.su.ka.

説明 「余分」是指多餘的、額外的意思。因此在購物有需要另外多的袋子時，就可以以此句詢問。

・會・話・

🅐 これで二千百円になります。

ko.re.de.ni.se.n.hya.ku.e.n.ni.na.ri.ma.su.

這樣是兩千一百日圓。

🅑 はい。あのう、余分に紙袋をもらえますか？

ha.i./a.no.u./yo.bu.n.ni.ka.mi.bu.ku.ro.o.mo.ra.e.ma.su.ka.

好的，那個請問可以給我多的紙袋嗎？

🅐 はい、どうぞ。

ha.i./do.u.zo.

好的，這給你。

🅑 ありがとうございます。

a.ri.ga.to.u.go.za.i.ma.su.

謝謝。

4
購物篇

例・句

例 袋をもう一枚ください。

fu.ku.ro.o.mo.u.i.chi.ma.i.ku.da.sa.i.

請再給我一個袋子。

例 袋はお持ちですか？

fu.ku.ro.wa.o.mo.chi.de.su.ka.

請問有帶袋子嗎？

相關單字

ショッピングバッグ 購物袋	sho.ppi.n.gu.ba.ggu.
ショッピングカート 購物推車	sho.ppi.n.gu.ka.a.to.
ビニール袋 塑膠袋	bi.ni.i.ru.bu.ku.ro.
包装 包裝	ho.u.so.u.
袋 袋子	fu.ku.ro.
箱 箱子	ha.ko.

用餐篇

▶請問有幾位？

なんめいさま
何名様ですか?

na.n.me.i.sa.ma.de.su.ka.

說明 這是店家對於詢問客人有幾人的尊稱。「何名」就是有幾名、幾位的意思，而「樣」是尊稱用法。

•會•話•

A 何名様ですか？

na.n.me.i.sa.ma.de.su.ka.

請問有幾位？

B 一人です。

hi.to.ri.de.su.

一個人。

A かしこまりました。こちらへどうぞ。

ka.shi.ko.ma.ri.ma.shi.ta./ko.chi.ra.e.do.u.zo.

明白了，這邊請。

B はい。

ha.i.

好的。

⑤ 用餐篇

例・句

例 いらっしゃいませ。

i.ra.ssha.i.ma.se.

歡迎光臨

例 お客様、何名様ですか？
　　　きゃくさま　なんめいさま

o.kya.ku.sa.ma./na.n.me.i.sa.ma.de.su.ka.

請問客人有幾名？

相關單字

お客様 _{きゃくさま} 客人（店家用的尊稱）	o.kya.ku.sa.ma.
二人 _{ふたり} 兩人	fu.ta.ri.
三人 _{さんにん} 三人	sa.n.ni.n.
四人 _{よにん} 四人	yo.ni.n.
五人 _{ごにん} 五人	go.ni.n.
六人 _{ろくにん} 六人	ro.ku.ni.n.

▶請問是內用嗎？

こちらでお召し上がりですか?

ko.chi.ra.de.o.me.shi.a.ga.ri.de.su.ka.

說明 這是店家對客人所使用的敬語。「召し上がる」就是「吃」的敬語，表是對客人尊稱。

・會・話・

Ⓐ こちらでお召し上がりですか？

ko.chi.ra.de.o.me.shi.a.ga.ri.de.su.ka.

請問是內用嗎？

Ⓑ はい。そうです。

ha.i./so.u.de.su.

是的。

Ⓐ 何名様ですか？

na.n.me.i.sa.ma.de.su.ka.

請問有幾名？

Ⓑ 二人です。

fu.ta.ri.de.su.

兩個人。

⑤ 用餐篇

例・句

例 お持ち帰りですか？

o.mo.chi.ka.e.ri.de.su.ka.

請問是要外帶嗎？

例 お持ち帰りはできますか？

o.mo.chi.ka.e.ri.wa.de.ki.ma.su.ka.

請問可以外帶嗎？

相關單字

飲食店	i.n.sho.ku.te.n.
餐飲店	
店内	te.n.na.i.
店內	
メニュー	me.nyu.u.
菜單	
注文	chu.u.mo.n.
點單	
テイクアウト	te.i.ku.a.u.to.
外帶	

097

▶請給我菜單

メニューをください

me.nyu.u.o.ku.da.sa.i.

說明 「メニュー」是從英文轉變而來的外來語，在餐飲方面時就是菜單的意思。

·會·話·

Ａ あのう、すみません。

a.no.u./su.mi.ma.se.n.

那個不好意思。

Ｂ はい。

ha.i.

是的。

Ａ メニューをください。

me.nyu.u.o.ku.da.sa.i.

請給我菜單。

Ｂ はい、少々お待ちください。

ha.i./sho.u.sho.u.o.ma.chi.ku.da.sa.i.

好的，請稍等一下。

例・句

例 メニューはどこですか？

me.nyu.u.wa.do.ko.de.su.ka.

菜單在哪裡？

例 メニューはありますか？

me.nyu.u.wa.a.ri.ma.su.ka.

有菜單嗎？

相關單字

食べ物 食物	ta.be.mo.no.
飲み物 飲料	no.mi.mo.no.
デザート 點心	de.za.a.to.
セット 套餐	se.tto.
食べ放題 吃到飽	ta.be.ho.u.da.i.
飲み放題 喝到飽	no.mi.ho.u.da.i.

098

▶麻煩我要點餐

注文をお願いします
ちゅうもん　ねが

chu.u.mo.n.o.o.ne.ga.i.shi.ma.su.

說明 「注文」就是點餐、訂購的意思。而當決定好餐點時就可以這樣跟服務生說。

・會・話・

A すみません、注文をお願いします。
ちゅうもん　　ねが

su.mi.ma.se.n./chu.u.mo.n.o.o.ne.ga.i.shi.ma.su.

不好意思，我要點餐。

B はい、何になさいますか？
なに

ha.i./na.ni.ni.na.sa.i.ma.su.ka.

好的，請問需要些甚麼？

A このセットを一つください。
ひと

ko.no.se.tto.o.hi.to.tsu.ku.da.sa.i.

請給我一個這個套餐。

B かしこまりました。

ka.shi.ko.ma.ri.ma.shi.ta.

明白了。

⑤
用餐篇

背包客 日語便利句 _{基本要會的}

例・句

例 お飲み物はどうなさいますか？

o.no.mi.mo.no.wa.do.u.na.sa.i.ma.su.ka.

請問飲料需要些甚麼？

例 ほかにご注文はございませんか。

ho.ka.ni.go.chu.u.mo.n.wa.go.za.i.ma.se.n.ka.

有其它想要點的餐點嗎？

相關單字

メニュー 菜單	me.nyu.u.
オーダー 點餐	o.o.da.a.
キャンセル 取消	kya.n.se.ru.
後で 等一下	a.to.de.
お勧め 推薦	o.su.su.me.

▶推薦的是甚麼？

お勧めは何ですか?

o.su.su.me.wa.na.n.de.su.ka.

說明 「お勧め」就是推薦的意思，而在購物或是用餐時，都可以這樣向店員詢問該店的人氣商品或料理。

・會・話・

🅐 ご注文はお決まりでしょうか？

go.chu.u.mo.n.wa.o.ki.ma.ri.de.sho.u.ka.
請問決定好要點甚麼了嗎？

🅑 えーと、お勧めは何ですか？

e.e.to./o.su.su.me.wa.na.n.de.su.ka.
嗯…，推薦的是甚麼？

🅐 どれもおいしいですけど、このセットがお勧めですよ。

do.re.mo.o.i.shi.i.de.su.ke.do./ko.no.se.tto.ga.o.su.su.me.de.su.yo.
每一道料理都很好吃喔，而我推薦這個套餐。

🅑 そうですか、じゃ、このセットにします。

so.u.de.su.ka./ja./ko.no.se.tto.ni.shi.ma.su.
這樣啊，那我就點這個套餐。

5
用餐篇

213

背包客 基本要會的 日語便利句

例・句

例 今日のお勧め料理は何ですか？

kyo.u.no.o.su.su.me.ryo.u.ri.wa.na.n.de.su.ka.

今天推薦的料理是甚麼？

例 お勧めはありますか？

o.su.su.me.wa.a.ri.ma.su.ka.

有推薦的嗎？

相關單字

お品書き 菜單	o.shi.na.ga.ki.
人気 人氣	ni.n.ki.
定番 招牌菜	te.i.ba.n.
定食 套餐	te.i.sho.ku.
うまい 好吃	u.ma.i.
まずい 難吃	ma.zu.i.

> ▶這個是哪國的料理？

これはどこの国の料理ですか?

ko.re.wa.do.ko.no.ku.ni.no.ryo.u.ri.de.su.ka.

說明 去餐廳用餐時，不清楚菜單上的料理是哪國菜時，就可以這麼問。

・會・話・

Ⓐ すみません、この料理はどこの国の料理ですか？

su.mi.ma.se.n./ko.no.ryo.u.ri.wa.do.ko.no.ku.ni. no.ryo.u.ri.de.su.ka.

不好意思，這是哪國的料理？

Ⓑ これは韓国の料理です。ビビンバです。

ko.re.wa.ka.n.ko.ku.no.ryo.u.ri.de.su./bi.bi.n.ba. de.su.

這個是韓國料理，是韓式拌飯。

Ⓐ そうですか。じゃあ、これにします。

so.u.de.su.ka./ja.a./ko.re.ni.shi.ma.su.

這樣啊，那我要點這個。

Ⓑ はい、分かりました。

ha.i./wa.ka.ri.ma.shi.ta.

好的，我知道了。

⑤ 用餐篇

215 •

例・句

例 どんな料理が好きですか？

do.n.na.ryo.u.ri.ga.su.ki.de.su.ka.

喜歡甚麼的料理？

例 これはどんな料理ですか？

ko.re.wa.do.n.na.ryo.u.ri.de.su.ka.

這個是怎樣的料理？

相關單字

イタリア 義大利	i.ta.ri.a.
フランス 法國	fu.ra.n.su.
インド 印度	i.n.do.
ベトナム 越南	be.to.na.mu.
タイ 泰國	ta.i.
韓国 韓國	ka.n.ko.ku.

MP3 101

▶這個是套餐嗎？

これはセットですか?

ko.re.wa.se.tto.de.su.ka.

說明「セット」這個字在菜單裡的話，就是套餐的意思。因此可以在點餐時向服務生問清楚餐點是否為套餐。

・會・話・

A これはセットですか？

ko.re.wa.se.tto.de.su.ka.

這個是套餐嗎？

B これは単品です。プラス二百円でセットにもできます。

ko.re.wa.ta.n.pi.n.de.su./pu.ra.su.ni.hya.ku.e.n.
de.se.tto.ni.mo.de.ki.ma.su.

這個是單點，如果是套餐的話要另外加兩百日圓。

A じゃあ、セットにします。

ja.a./se.tto.ni.shi.ma.su.

那麼，我要點套餐。

B はい、かしこまりました。

ha.i./ka.shi.ko.ma.ri.ma.shi.ta.

好的，我明白了。

⑤ 用餐篇

例・句

㉕ これは単品ですか？

ko.re.wa.ta.n.pi.n.de.su.ka.

這個是單點嗎？

㉕ セットだといくらですか？

se.tto.da.to.i.ku.ra.de.su.ka.

套餐的話要多少錢？

相關單字

主食 主餐	shu.sho.ku.
ごはん 飯	go.ha.n.
味噌汁 味噌湯	mi.so.shi.ru.
サラダ 沙拉	sa.ra.da.
ドリンク 飲料	do.ri.n.ku.
デザート 甜點	de.za.a.to.

▶請問要點甚麼飲料？

お飲み物は何がよろしいでしょうか?

o.no.mi.mo.no.wa.na.ni.ga.yo.ro.shi.i.de.sho.u.ka.

說明「お飲み物」就是飲料的意思，而通常服務生會以此句來詢問需要點甚麼飲料。

•會•話•

Ａ このセットを一つください。

ko.no.se.tto.o.hi.to.tsu.ku.da.sa.i.

請給我一個這個套餐。

Ｂ はい。お飲み物は何がよろしいでしょうか?

ha.i./o.no.mi.mo.no.wa.na.ni.ga.yo.ro.shi.i.de.sho.u.ka.

好的，請問要點甚麼飲料？

Ａ オレンジジュースです。

o.re.n.ji.ju.u.su.de.su.

我要柳橙汁。

Ｂ はい。かしこまりました。

ha.i./ka.shi.ko.ma.ri.ma.shi.ta.

好的，我知道了。

❺ 用餐篇

背包客 基本要會的
日語便利句

例・句

例 お飲み物はいかがですか？

o.no.mi.mo.no.wa.i.ka.ga.de.su.ka.

需要點飲料嗎？

例 お飲み物は何になさいますか？

o.no.mi.mo.no.wa.na.ni.ni.na.sa.i.ma.su.ka.

請問要點甚麼飲料呢？

相關單字

カルピス 可爾必思	ka.ru.pi.su.
紅茶 紅茶	ko.u.cha.
ウーロン茶 烏龍茶	u.u.ro.n.cha.
コーラ 可樂	ko.o.ra.
コーヒー 咖啡	ko.o.hi.i.
ミルクティー 奶茶	mi.ru.ku.ti.i.

▶要點甚麼甜點？

デザートは何になさいますか?

de.za.a.to.wa.na.ni.ni.na.sa.i.ma.su.ka.

說明 「デザート」是從英文轉變而來，指的就是甜點、點心的意思。

•會•話•

Ⓐ デザートは何になさいますか？

de.za.a.to.wa.na.ni.ni.na.sa.i.ma.su.ka.

請問甜點要點些甚麼？

Ⓑ お勧めはありませんか？

o.su.su.me.wa.a.ri.ma.se.n.ka.

有沒有推薦的？

Ⓐ 当店人気ナンバーワンはこれになります。

to.u.te.n.ni.n.ki.na.n.ba.a.wa.n.wa.ko.re.ni.na.ri.ma.su.

我們店裡最人氣的甜點是這個。

Ⓑ じゃあ、これにします。

ja.a./ko.re.ni.shi.ma.su.

那我要這個。

⑤ 用餐篇

221

例・句

例 デザートはありますか？

de.za.a.to.wa.a.ri.ma.su.ka.

有甜點嗎？

例 デザートは別腹。

de.za.a.to.wa.be.tsu.ba.ra.

甜點是另一個胃。

相關單字

アイスクリーム 冰淇淋	a.i.su.ku.ri.i.mu.
ケーキ 蛋糕	ke.e.ki.
ティラミス 提拉米蘇	ti.ra.mi.su.
プリン 布丁	pu.ri.n.
パフェ 聖代	pa.fe.
シュークリーム 泡芙	shu.u.ku.ri.i.mu.

▶我不能吃～

私は～が食べられません

wa.ta.shi.wa./ga.ta.be.ra.re.ma.se.n.

說明 是由「食べる」變化而來的，表示不能吃、無法吃的意思。可用於用餐時，向服務生表明清楚自己無法吃的食材。

•**會•話**•

Ⓐ すみませんが、私は牛肉が食べられませんので、ほかの料理はありませんか？

su.mi.ma.se.n.ga./wa.ta.shi.wa.gyu.u.ni.ku.ga.
ta.be.ra.re.ma.se.n.no.de./ho.ka.no.ryo.u.ri.wa.
a.ri.ma.se.n.ka.

不好意思，因為我不能吃牛肉，所以有沒有其它的料理呢？

Ⓑ では、こちらのセットはいかがでしょうか？これは豚肉の料理になります。

de.wa./ko.chi.ra.no.se.tto.wa.i.ka.ga.de.sho.u.
ka./ko.re.wa.bu.ta.ni.ku.no.ryo.u.ri.ni.na.ri.ma.
su.

這樣呀，那麼這個套餐怎麼樣呢？這個是豬肉的料理。

❺ 用餐篇

例・句

例 海鮮料理が食べられません。

ka.i.se.n.ryo.u.ri.ga.ta.be.ra.re.ma.se.n.

不能吃海鮮料理。

例 アレルギーで卵が食べられません。

a.re.ru.gi.i.de.ta.ma.go.ga.ta.be.ra.re.ma.se.n.

因為過敏而無法吃蛋。

相關單字

アレルギー 過敏	a.re.ru.gi.i.
ベジタリアン 素食主義者	be.ji.ta.ri.a.n.
かに 螃蟹	ka.ni.
海老 蝦子	e.bi.
ラム 羊肉	ra.mu.
納豆 納豆	na.tto.u.

▶請不要放入～

～を～抜きでお願いします
ぬ　　　　　ねが

o./nu.ki.de.o.ne.ga i.shi.ma.su.

說明 用來向服務生要求不要在料理裡面加辣或放甚麼自己不能吃的東西時，就可以套用此句型。

・會・話・

A すみません。

su.mi.ma.se.n.

不好意思。

B はい。

ha.i.

是的。

A 私は辛いものが苦手なので、この料理
わたし　から　　　　　にがて　　　　　　　　　りょうり
を唐辛子抜きでお願いします。
とうがらし　ぬ　　　　ねが

wa.ta.shi.wa.ka.ra.i.mo.no.ga.ni.ga.te.na.no.de./
ko.no.ryo.u.ri.o.to.u.ga.ra.shi.i.nu.ki.de.o.ne.ga.
i.shi.ma.su.

因為我不太能吃辣，所以請不要在這個料理裡面加辣。

B はい、かしこまりました。

ha.i./ka.shi.ko.ma.ri.ma.shi.ta.

好的，我知道了。

⑤
用餐篇

背包客 基本要會的 日語便利句

例・句

例 唐辛子を入れないでくれませんか？
to.u.ga.ra.shi.o.i.re.na.i.de.ku.re.ma.se.n.ka.
可以不要加辣嗎？

例 コーヒーを砂糖抜きでお願いします。
ko.o.hi.i.o.sa.to.u.nu.ki.de.o.ne.ga.i.shi.ma.su.
請不要在咖啡裡面加糖。

相關單字

玉ねぎ 洋蔥	ta.ma.ne.gi.
胡椒 胡椒	ko.sho.u.
にんにく 大蒜	ni.n.ni.ku.
パクチー 香菜	pa.ku.chi.i.
トマト 蕃茄	to.ma.to.
にんじん 紅蘿蔔	ni.n.ji.n.

▶能幫我把這個打包嗎？

これを包んでもらえませんか?

ko.re o tsu.tsu.n.de.mo.ra.e.ma.se.n.ka.

說明 在外用餐吃不完想打包的時候，就可以用此句型向服務生反應。不過有些店家會怕會影響食物的品質而不接受打包、或是吃到飽的餐廳吃剩時會有罰錢的情況，所以要先問清楚。

•會•話•

Ⓐ すみません。

su.mi.ma.se.n.

不好意思。

Ⓑ はい。

ha.i.

是的。

Ⓐ 食べきれないので、これを包んでもらえませんか?

ta.be.ki.re.na.i.no.de./ko.re.o.tsu.tsu.n.de.mo.ra.e.ma.se.n.ka.

因為我吃不完，能幫我打包嗎？

Ⓑ はい、少々お待ちください。

ha.i./sho.u.sho.u.o.ma.chi.ku.da.sa.i.

好的，請稍等一下。

例・句

例 量が多すぎて食べ切れません。

ryo.u.ga.o.o.su.gi.te.ta.be.ki.re.ma.se.n.

量太多了吃不完。

相關單字

食べ残し 吃剩的食物	ta.be.no.ko.shi.
持ち帰る 外帶	mo.chi.ka.e.ru.
食べ放題 吃到飽	ta.be.ho.u.da.i.
飲み放題 喝到飽	no.mi.ho.u.da.i.
バイキング 自助餐式吃到飽	ba.i.ki.n.gu.
罰金 罰款	ba.kki.n.

▶這個料理會辣嗎？

この料理は辛いですか？

ko.no.ryo.u.ri.wa.ka.ra.i.de.su.ka.

說明 「辛い」就是辣的意思。可以套用此句型來詢問餐點的味道是否符合自己的口味。

・會・話・

A この料理は辛いですか？

ko.no.ryo.u.ri.wa.ka.ra.i.de.su.ka.

這道料理會辣嗎？

B この料理は辛くないです。辛いものがお好きですか？

ko.no.ryo.u.ri.wa.ka.ra.ku.na.i.de.su./ka.ra.i.mo.no.ga.o.su.ki.de.su.ka.

這道料理不會辣。請問是喜歡辣的料理嗎？

A はい。

ha.i.

對。

B では、この料理がお勧めです。

de.wa./ko.no.ryo.u.ri.ga.o.su.su.me.de.su.

那麼，我推薦這個料理。

5 用餐篇

例・句

例 辛くない料理はありませんか？

ka.ra.ku.na.i.ryo.u.ri.wa.a.ri.ma.se.n.ka.

有沒有不辣的料理？

例 一番辛い料理は何ですか？

i.chi.ba.n.ka.ra.i.ryo.u.ri.wa.na.n.de.su.ka.

最辣的料理是甚麼？

相關單字

甘い 甜的	a.ma.i.
酸っぱい 酸的	su.ppa.i.
塩辛い 鹹的	shi.o.ka.ra.i.
調味料 調味料	cho.u.mi.ryo.u.
醤油 醬油	sho.u.yu.
酢 醋	su.

▶這個料理是幾人份的？

この料理は何人分ですか?
りょうり　　なんにんぶん

ko.no.ryo.u.ri.wa.na.n.ni.n.bu.n.de.su.ka.

說明 「何人分」就是幾人份的意思，可用在詢問餐點的量是可以多少人用的時候。

・會・話・

🅐 すみません、この料理は何人分ですか？

su.mi.ma.se.n./ko.no.ryo.u.ri.wa.na.n.ni.n.bu.n.de.su.ka.

不好意思，這個料理是幾人份的？

🅑 これは二人分です。

ko.re.wa.fu.ta.ri.bu.n.de.su.

這是兩人份的。

🅐 そうですか、じゃあ、これを一つください。

so.u.de.su.ka./ja.a./ko.re.o.hi.to.tsu.ku.da.sa.i.

這樣啊，那給請給我一個這個料理。

🅑 はい、分かりました。

ha.i./wa.ka.ri.ma.shi.ta.

好的，我知道了。

5
用餐篇

例・句

例 この料理はどのくらいの量ですか？

ko.no.ryo.u.ri.wa.do.no.ku.ra.i.no.ryo.u.de.su.ka.

這個料理的量大概有多少？

例 この料理は何人前ですか？

ko.no.ryo.u.ri.wa.na.n.ni.n.ma.e.de.su.ka.

這道菜是幾人份的？

相關單字

ひとりぶん 一人分 一人份	hi.to.ri.bu.n.
ふたりぶん 二人分 兩人份	fu.ta.ri.bu.n.
さんにんぶん 三人分 三人份	sa.n.ni.n.bu.n.
いちにんまえ 一人前 一人份	i.chi.ni.n.ma.e.
ににんまえ 二人前 兩人份	ni.ni.n.ma.e.
さんにんまえ 三人前 三人份	sa.n.ni.n.ma.e.

▶請給我大碗的飯

ライスは大盛にしてください
おおもり

ra.i.su.wa.o.o.mo.ri.ni.shi.te.ku.da.sa.i.

說明「大盛」是大碗的意思。日本的餐廳通常可以選擇餐點的大小,而當想要吃大碗白飯時,就可以這樣說。

・會・話・

🅐 ご注文はお決まりでしょうか?
ちゅうもん　　き

go.chu.u.mo.n.wa.o.ki.ma.ri.de.sho.u.ka.
請問決定好要點甚麼了嗎?

🅑 はい。カレーライスをお願いします。
ねが
あと、ライスは大盛にしてください。
おおもり

ha.i./ka.re.e.ra.i.su.o.o.ne.ga.i.shi.ma.su./a.to./
ra.i.su.wa.o.o.mo.ri.ni.shi.te.ku.da.sa.i.
嗯,我要咖哩飯。然後請給我大碗的飯。

🅐 はい、分かりました。少々お待ちください。
わ　　　　　しょうしょう　ま

ha.i./wa.ka.ri.ma.shi.ta./sho.u.sho.u.o.ma.chi.
ku.da.sa.i.
好的,我知道了,請稍等一下。

⑤ 用餐篇

例・句

例 ご飯のおかわりは無料ですか？

go.ha.n.no.o.ka.wa.ri.wa.mu.ryo.u.de.su.ka.

請問白飯是無限供應嗎？

例 ライスの量はどうなさいますか？

ra.i.su.no.ryo.u.wa.do.u.na.sa.i.ma.su.ka.

請問白飯的量要多少？

相關單字

有料 收費	yu.u.ryo.u.
ミニ 小碗	mi.ni.
並 普通、中等	na.mi.
大盛 大碗	o.o.mo.ri.
特盛 特大碗	to.ku.mo.ri.
ご飯 白飯	go.ha.n.

MP3 110

▶白飯可以續碗嗎？

ご飯のおかわりできますか?

說明「おかわり」在這裡是續碗、再一碗的意思，因此在餐廳時可以用此句詢問是否可以續碗。

•會•話•

Ⓐ すみません、ご飯のおかわりできますか？

su.mi.ma.se.n./go.ha.n.no.o.ka.wa.ri.de.ki.ma.su.ka.

不好意思，白飯可以續碗嗎？

Ⓑ はい、できますよ。

ha.i./de.ki.ma.su.yo.

可以喔!

Ⓐ お願いします。

o.ne.ga.i.shi.ma.su.

麻煩你了。

Ⓑ はい、少々お待ちください。

ha.i./sho.u.sho.u.o.ma.chi.ku.da.sa.i.

好的，請稍等。

⑤ 用餐篇

例・句

例 コーヒーのおかわりできますか？

ko.o.hi.i.no.o.ka.wa.ri.de.ki.ma.su.ka.

咖啡可以續杯嗎？

例 ご飯のおかわり自由です。

go.ha.n.no.o.ka.wa.ri.ju.yu.u.de.su.

白飯是免費續碗的。

相關單字

味噌汁 味噌湯	mi.so.shi.ru.
ジュース 果汁	ju.u.su.
ドリンク 飲料	do.ri.n.ku.
サラダ 沙拉	sa.ra.da.
ラーメン 拉麵	ra.a.me.n.
替玉 加麵	ka.e.da.ma.

▶請再給我一個盤子

お皿をもう一枚ください

o.sa.ra.o.mo.u.i.chi.ma.i.ku.da.sa.i.

說明 在餐廳用餐時，想要跟服務生多拿一個碗、盤子或筷子等時，可以套用此句型。但是要注意前面的單位量詞。細長狀的用「本」來數，但是筷子的話則用「膳」。

•會•話•

A すみません…

su.mi.ma.se.n.

不好意思…

B はい。

ha.i.

是的。

A お皿をもう一枚ください。

o.sa.ra.o.mo.u.i.chi.ma.i.ku.da.sa.i.

請再給我一個盤子。

B もう一枚ですね。少々お待ちください。

mo.u.i.chi.ma.i.de.su.ne./sho.u.sho.u.o.ma.chi.ku.da.sa.i.

在一個盤子是嘛？請稍等一下。

⑤
用餐篇

237

◆ 例・句 ◆

例 お皿をもう一枚もらえますか？

o.sa.ra.o.mo.u.i.chi.ma.i.mo.ra.e.ma.su.ka.

可以再給我一個盤子嗎？

例 フォークをもう一本ください。

fo.o.ku.o.mo.u.i.ppo.n.ku.da.sa.i.

請再給我一支叉子。

(相關單字)

お箸 筷子	o.ha.shi.
フォーク 叉子	fo.o.ku.
ナイフ 刀子	na.i.fu.
スプーン 湯匙	su.pu.u.n.
お椀 碗	o.wa.n.
一個 一個	i.kko.

▶麻煩幫我結帳

お会計をお願いします
かいけい　　　　　ねが

o.ka.i.ke.i.o.o.ne.ga.i.shi.ma.su.

說明 在餐廳用完餐或是購物完要結帳時，都可用這個句型來向店員表示。

・會・話・

🅐 お会計をお願いします。
かいけい　　　　　ねが

o.ka.i.ke.i.o.o.ne.ga.i.shi.ma.su.

麻煩幫我結帳。

🅑 はい、全部で千六百円になります。
　　　ぜんぶ　せんろっぴゃくえん

ha.i./ze.n.bu.de.se.n.ro.ppya.ku.e.n.ni.na.ri.ma.su.

好的，總共是一千六百日圓。

🅐 カードでお願いします。
　　　　　　ねが

ka.a.do.de.o.ne.ga.i.shi.ma.su.

麻煩用刷卡的。

🅑 はい。

ha.i.

好的。

5
用餐篇

背包客 基本親會的 日語便利句

例・句

例 お勘定をお願いします。

o.ka.n.jo.u.o.o.ne.ga.i.shi.ma.su.

麻煩幫我結帳。

例 サービス料が含まれていますか？

sa.a.bi.su.ryo.u.ga.fu.ku.ma.re.te.i.ma.su.ka.

有包含服務費嗎？

相關單字

計算	ke.i.sa.n.
計算	
サービス料	sa.a.bi.su.ryo.u.
服務費	
レシート	re.shi.i.to.
收據	
領収書	ryo.u.shu.u.sho.
收據	
伝票	de.n.pyo.u.
單據	
税金	ze.i.ki.n.
税金	

MP3 113

▶我想要預約

予約したいんですが

yo.ya.ku.shi.ta.i.n.de.su.ga.

說明 想要預約餐廳、飯店等等的時候，都可以這個句型來表示。

•會•話•

A すみません、予約したいんですが…

su.mi.ma.se.n./yo.ya.ku.shi.ta.i.n.de.su.ga.

不好意思，我想要預約…

B はい、いつですか？

ha.i./i.tsu.de.su.ka.

好的，請問甚麼時候？

A 明日の午後二時です。あと、二人でお願いします。

a.shi.ta.no.go.go.ni.ji.de.su./a.to./fu.ta.ri.de.o.
ne.ga.i.shi.ma.su.

明天下午兩點，然後是兩個人。

B はい、分かりました。

ha.i./wa.ka.ri.ma.shi.ta.

好的，我知道了。

⑤ 用餐篇

〔例・句〕

例 予約できますか？

yo.ya.ku.de.ki.ma.su.ka.

可以預約嗎？

例 当店では予約は受け付けていません。

to.u.te.n.de.wa.yo.ya.ku.wa.u.ke.tsu.ke.te.i.ma.
se.n.

本店不接受預約。

〔相關單字〕

今日 今天	kyo.u.
明日 明天	a.shi.ta.
午前 上午	go.ze.n.
午後 下午	go.go.
キャンセル 取消	kya.n.se.ru.
連絡 聯絡	re.n.ra.ku.

114

どのくらい待ちますか?

do.no.ku.ra.i.ma.chi.ma.su.ka.

說明「どのくらい」就是大約、多少的程度的意思。而詢問需要等多久就可以這樣表示。

・會・話・

Ⓐ すみません、予約してないんですが、どのくらい待ちますか？

su.mi.ma.se.n./yo.ya.ku.shi.te.na.i.n.de.su.ga./do.no.ku.ra.i.ma.chi.ma.su.ka.

不好意思，我沒有預約。那大概要等多久？

Ⓑ 今日はお客さんが多いので、大体三十分くらいかかります。

kyo.u.wa.o.kya.ku.sa.n.ga.o.o.i.no.de./da.i.ta.i.sa.n.ju.ppu.n.ku.ra.i.ka.ka.ri.ma.su.

今天客人比較多，所以大概要等三十分鐘。

Ⓐ そうですか、分かりました。

so.u.de.su.ka./wa.ka.ri.ma.shi.ta.

這樣啊，我知道了。

⑤ 用餐篇

例・句

例 席は空いていますか？

se.ki.wa.a.i.te.i.ma.su.ka.

還有空位嗎？

例 もう満席です。

mo.u.ma.n.se.ki.de.su.

已經客滿了。

相關單字

予約 預約	yo.ya.ku.
時間 時間	ji.ka.n.
お客さん 客人	o.kya.ku.sa.n.
満席 客滿	ma.n.se.ki.
席 座位	se.ki.
空く 空	a.ku.

看病篇

▶怎麼了？

どうしたんですか?

do.u.shi.ta.n.de.su.ka.

說明 看到對方似乎發生了甚麼事，而用來表示關切的問句。

•會•話•

Ⓐ どうしたんですか？

do.u.shi.ta.n.de.su.ka.

你怎麼了？

Ⓑ ちょっとお腹が痛いです。

cho.tto.o.na.ka.ga.i.ta.i.de.su.

肚子有點痛。

Ⓐ 大丈夫ですか？少し休んだほうがいいです。

da.i.jo.u.bu.de.su.ka./su.ko.shi.ya.su.n.da.ho.u.ga.i.i.de.su.

沒事吧？稍微休息一下比較好喔。

Ⓑ はい…

ha.i.

好…

6
看病篇

例・句

例 大丈夫ですか？

da.i.jo.u.bu.de.su.ka.

沒事吧？

例 どうしましたか？

do.u.shi.ma.shi.ta.ka.

怎麼了嗎？

相關單字

体 身體	ka.ra.da.
調子 狀況	cho.u.shi.
元気 健康	ge.n.ki.
悪い 不好	wa.ru.i.
健康 健康	ke.n.ko.u.
薬 藥	ku.su.ri.

▶〜痛

〜が痛いです

ga.i.ta.i.de.su.

說明 可將疼痛的身體部位套入來表達自己的病狀。

・會・話・

A どうしましたか？

do.u.shi.ma.shi.ta.ka.

你怎麼了嗎？

B 頭が痛いです…

a.ta.ma.ga.i.ta.i.de.su.

我頭痛…

A 大丈夫ですか？頭痛薬を持っていますから、飲みますか？

da.i.jo.u.bu.de.su.ka./zu.tsu.u.ya.ku.o.mo.tte.i.
ma.su.ka.ra./no.mi.ma.su.ka.

沒事吧？我這裡有頭痛藥，你要吃嗎？

B はい、ありがとうございます。

ha.i./a.ri.ga.to.u.go.za.i.ma.su.

好，謝謝。

背包客 基本要會的
日語 便利句

例・句

例 体の調子が悪いです。

ka.ra.da.no.cho.u.shi.ga.wa.ru.i.de.su.

身體狀況不好。

例 頭痛がします。

zu.tsu.u.ga.shi.ma.su.

頭痛。

相關單字

怪我 受傷	ke.ga.
お腹 肚子	o.na.ka.
胃 胃	i.
手 手	te.
足 腳	a.shi.
腰 腰	ko.shi.

▶好像感冒了

風邪を引いたみたいです

ka.ze.o.hi.i.ta.mi.ta.i de.su.

說明「風邪を引く」是指感冒的意思，而覺得自己好像是感冒時，就可以這麼說。

・會・話・

Ⓐ 元気がないみたいですね。

ge.n.ki.ga.na.i.mi.ta.i.de.su.ne.

你看起來好像沒甚麼精神耶。

Ⓑ 私、風邪を引いたみたいです。

wa.ta.shi./ka.ze.o.hi.i.ta.mi.ta.i.de.su.

我好像感冒了。

Ⓐ そうですか、早く病院に行ったほうがいいですよ。

so.u.de.su.ka./ha.ya.ku.byo.u.i.n.ni.i.tta.ho.u.ga.i.i.de.su.yo.

這樣啊，你快點去看醫生比較好喔。

Ⓑ 分かりました。

wa.ka.ri.ma.shi.ta.

知道了。

6 看病篇

例・句

例 風邪を引かないように気をつけてください。

ka.ze.o.hi.ka.na.i.yo.u.ni.ki.o.tsu.ke.te.ku.da.sa.i.

注意可別感冒了。

例 風邪が治りました。

ka.ze.ga.na.o.ri.ma.shi.ta.

治好感冒了。

相關單字

病気 byo.u.ki. 生病	byo.u.ki.
症状 sho.u.jo.u. 病狀	sho.u.jo.u.
鼻水 ha.na.mi.zu. 鼻水	ha.na.mi.zu.
熱 ne.tsu. 發燒	ne.tsu.
咳 se.ki. 咳嗽	se.ki.
くしゃみ ku.sha.mi. 噴嚏	ku.sha.mi.

▶身體的狀況不好

体の調子が悪いです

ka.ra.da.no.cho.u.shi.ga.wa.ru.i.de.su.

說明「調子」是有狀況、情況的意思,因此覺得身體的狀況不佳時就是這樣表示。

・會・話・

A どうして食べないんですか?

do.u.shi.te.ta.be.na.i.n.de.su.ka.

為什麼不吃呢?

B ちょっと体の調子が悪くて…

cho.tto.ka.ra.da.no.cho.u.shi.ga.wa.ru.ku.te.

覺得身體的狀況有點不好。

A 大丈夫ですか?

da.i.jo.u.bu.de.su.ka.

你沒事吧?

B ちょっと休みたいです。

cho.tto.ya.su.mi.ta.i.de.su.

我想要稍微休息一下。

6
看病篇

背包客 日語便利句

基本
要會的

例・句

例 急に体調が悪くなりました。

kyu.u.ni.ta.i.cho.u.ga.wa.ru.ku.na.ri.ma.shi.ta.

身體狀況突然變差。

例 ゆっくり休んでください。

yu.kku.ri.ya.su.n.de.ku.da.sa.i.

請好好休息。

相關單字

休憩 休息	kyu.u.ke.i.
食欲 食慾	sho.ku.yo.ku.
眠い 想睡的	ne.mu.i.
だるい 疲倦的	da.ru.i.
寝る 睡覺	ne.ru.

▶想吐

吐き気がします
は　　け

ha.ki.ke.ga.shi.ma.su.

說明 「吐き気」就是噁心、作嘔等不舒服的感覺的意思。

•會•話•

A 顔色が悪いですね。どうしたんですか？
かおいろ　　わる

ka.o.i.ro.ga.wa.ru.i.de.su.ne./do.u.shi.ta.n.de.su.ka.

你臉色很差耶，怎麼了嗎？

B さっき食べ過ぎて吐き気がします。
た　　す　　　は　　け

sa.kki.ta.be.su.gi.te.ha.ki.ke.ga.shi.ma.su.

剛剛吃太多了所以想吐。

A 大丈夫ですか？少し休んだほうがいいですよ。
だいじょうぶ　　　　　すこ　　やす

da.i.jo.u.bu.de.su.ka./su.ko.shi.ya.su.n.da.ho.u.ga.i.i.de.su.yo.

你沒事吧？稍微休息一下比較好喔。

B 分かりました。
わ

wa.ka.ri.ma.shi.ta.

知道了。

6
看病篇

·例·句·

例 嘔吐します。

o.u.to.shi.ma.su.

嘔吐。

例 お腹の調子が悪いです。

o.na.ka.no.cho.u.shi.ga.wa.ru.i.de.su.

肚子的狀況不佳。

相關單字

吐く 吐	ha.ku.
下痢 拉肚子	ge.ri.
便秘 便秘	be.n.pi.
顔色 臉色	ka.o.i.ro.
むかつく 噁心	mu.ka.tsu.ku.
病気 生病	byo.u.ki.

▶受傷了

怪我をしました
け が

ke.ga o.shi.ma.shi.ta.

說明「怪我をする」即所謂受傷之意。可用來廣泛指各種受傷。

•會•話•

Ⓐ どうしましたか？

do.u.shi.ma.shi.ta.ka.

你怎麼了？

Ⓑ さっき転んで怪我をしました。

sa.kki.ko.ro.n.de.ke.ga.o.shi.ma.shi.ta.

剛才跌倒受傷了。

Ⓐ 大丈夫ですか？
だいじょうぶ

da.i.jo.u.bu.de.su.ka.

沒事吧？

Ⓑ まだ少し痛いです。
すこ いた

ma.da.su.ko.shi.i.ta.i.de.su.

還有點痛。

·例·句·

例 怪我をしないように気をつけてください。

ke.ga.o.shi.na.i.yo.u.ni.ki.o.tsu.ke.te.ku.da.sa.i.

注意不要受傷了。

例 大した怪我ではありません。

ta.i.shi.ta.ke.ga.de.wa.a.ri.ma.se.n.

並不是甚麼大傷。

相關單字

血 血	chi.
捻挫 挫傷	ne.n.za.
腫れる 腫	ha.re.ru.
転ぶ 跌倒	ko.ro.bu.
ぶつかる 撞上	bu.tsu.ka.ru.
不注意 不小心	fu.chu.u.i.

▶流血

血が出ています

chi.ga.de.te.i.ma.su.

說明 流血的動詞是用「出る」這個字,而「出ている」就是現在進行式,指正在流血的意思。

・會・話・

A すみません、絆創膏はありますか?

su.mi.ma.se.n./ba.n.so.u.ko.u.wa.a.ri.ma.su.ka.

不好意思,你有OK繃嗎?

B ありますよ。どうしたんですか?

a.ri.ma.su.yo./do.u.shi.ta.n.de.su.ka.

有的,怎麼了嗎?

A さっき指を切って血が出てしまいました。

sa.kki.yu.bi.o.ki.tte.chi.ga.de.te.shi.ma.i.ma.shi.ta.

手指頭剛剛割傷所以流血了。

B そうですか、早く貼ってください。

so.u.de.su.ka./ha.ya.ku.ha.tte.ku.da.sa.i.

這樣啊,請趕快貼上OK繃。

6 看病篇

259

・例・句・

例 血が止まらないです。

chi.ga.to.ra.ma.ra.i.de.su.

血流不止。

例 絆創膏を貼ります。

ba.n.so.u.ko.u.o.ha.ri.ma.su.

貼OK繃。

相關單字

怪我 受傷	ke.ga.
擦り傷 擦傷	su.ri.ki.zu.
刺し傷 刺傷	sa.shi.ki.zu.
青あざ 瘀血	a.o.a.za.
絆創膏 OK繃	ba.n.so.u.ko.u.
包帯 繃帶	ho.u.ta.i.

▶去看醫生

病院に行く
<small>びょういん　　い</small>

byo.u.i.n ni.i.ku.

說明 「病院」即為醫院之意，故是去看醫生的
意思。

・會・話・

Ⓐ どうしたんですか？風邪を引いたんで
すか？

do.u.shi.ta.n.de.su.ka./ka.ze.o.hi.i.ta.n.de.su.ka.

怎麼了？感冒了嗎？

Ⓑ はい…体がだるいです。
<small>からだ</small>

ha.i./ka.ra.da.ga.da.ru.i.de.su.

嗯…覺得身體很疲倦。

Ⓐ 病院に行ったほうがいいですよ。
<small>びょういん　い</small>

byo.u.i.n.ni.i.tta.ho.u.ga.i.i.de.su.yo.

去看一下醫生會比較好喔。

Ⓑ はい…後で行きます。
<small>あと</small>

ha.i./a.to.de.i.ki.ma.su.

嗯…等下會去。

・例・句・

例 病院に行きます。

byo.u.i.n.ni.i.ki.ma.su.

去醫院。

例 診療を受けます。

shi.n.ryo.u.o.u.ke.ma.su.

接受診療。

相關單字

医者 醫生	i.sha.
看護士 護士	ka.n.go.shi.
病院 醫院	byo.u.i.n.
診療 診療	shi.n.ryo.u.
予約 預約	yo.ya.ku.
病歴 病歷	byo.u.re.ki.

▶有帶健保卡嗎？

健康保険証をお持ちですか？
けんこうほけんしょう　　　　も

ke.n.ko.u.ho.ke.n.sho.u.o.o.mo.chi.de.su.ka.

說明 日本一樣有健保的制度，而通常外國人在沒有國民健保的狀況下看病的話，其費用會較高。

·會·話·

Ⓐ 健康保険証をお持ちですか？
けんこうほけんしょう　　　　も

ke.n.ko.u.ho.ke.n.sho.u.o.o.mo.chi.de.su.ka.

有帶健保卡嗎？

Ⓑ いいえ、外国人ですから、健康保険証
がいこくじん　　　　　　けんこうほけんしょう
を持っていません。
も

i.i.e./ga.i.ko.ku.ji.n.de.su.ka.ra./ke.n.ko.u.ho.ke.n.sho.u.o.mo.tte.i.ma.se.n.

沒有，因為我是外國人，所以沒有健保卡。

Ⓐ 健康保険証をお持ちでないと、
けんこうほけんしょう　　　　も
全額負担になりますよ。
ぜんがくふたん

ke.n.ko.u.ho.ke.n.sho.u.o.o.mo.chi.de.na.i.to./ze.n.ga.ku.fu.ta.n.ni.na.ri.ma.su.yo.

沒有健保卡的話，是自費看診喔。

**6
看
病
篇**

263

B はい、分かりました。

ha.i./wa.ka.ri.ma.shi.ta.

好的，我知道。

例・句

例 名前が呼ばれた時、診察室に入ってください。

na.ma.e.o.yo.ba.re.ta.to.ki./shi.n.sa.tsu.shi.tsu.ni.ha.i.tte.ku.da.sa.i.

叫到名字時，請進診察室。

例 待合室でお待ちください。

ma.chi.a.i.shi.tsu.de.o.ma.chi.ku.da.sa.i.

請到等候室等候。

相關單字

受付 うけつけ	u.ke.tsu.ke.
櫃台	
初診 しょしん	sho.shi.n.
初診	
費用 ひよう	hi.yo.u.
費用	
番号札 ばんごうふだ	ba.n.go.u.fu.da.
掛號號碼牌	

しょうじょう **症状** 症狀	sho.u.jo.u.
まちあいしつ **待合室** 等候室	ma.chi.a.i.shi.tsu.

MP3 124

▶你想要掛哪一科？

何科に掛かりたいですか?

na.ni.ka.ni.ka.ka.ri.ta.i.de.su.ka.

說明 日文裡，掛門診的動詞是用「掛かる」來表示。

・會・話・

A 診察を受けたいんですが…

shi.n.sa.tsu.o.u.ke.ta.i.n.de.su.ga.

我想要看診…

B 何科に掛かりたいですか?

na.ni.ka.ni.ka.ka.ri.ta.i.de.su.ka.

請問想要掛哪一科呢？

A 外科です。

ge.ka.de.su.

外科。

B はい、分かりました。

ha.i./wa.ka.ri.ma.shi.ta.

好的，我知道了。

例・句

例 健康保険証をお持ちですか？

ke.n.ko.u.ho.ke.n.sho.u.o.o.mo.chi.de.su.ka.

有帶健保卡嗎？

例 午前診療は満員となっております。

go.ze.n.shi.n.ryo.u.wa.ma.n.i.n.to.na.tte.o.ri.ma.
su.

上午的門診已經掛滿了。

相關單字

内科 內科	na.i.ka.
外科 外科	ge.ka.
歯科 牙科	shi.ka.
小児科 小兒科	sho.u.ni.ka.
皮膚科 皮膚科	hi.fu.ka.
眼科 眼科	ga.n.ka.

6 看病篇

MP3 125

> ▶ 請躺下來

横になってください
よこ

yo.ko.ni.na.tte.ku.da.sa.i.

說明 在醫院接受檢查時,有時候會要求病人躺下來,此時的句型就是這樣表示。

・會・話・

Ⓐ 今から検査しますので、そこのベッドに横になってください。
いま　けんさ　　　　　　　　　　　　よこ

i.ma.ka.ra.ke.n.sa.shi.ma.su.no.de./so.ko.no.be.ddo.ni.yo.ko.ni.na.tte.ku.da.sa.i.

現在開始要檢查,所以請躺在那邊的床上。

Ⓑ はい、これでいいですか?

ha.i./ko.re.de.i.i.de.su.ka.

好的,這樣可以嗎?

Ⓐ はい、暫くじっとしていてください。
しばら

ha.i./shi.ba.ra.ku.ji.tto.shi.te.i.te.ku.da.sa.i.

好,請暫時不要動。

Ⓑ 分かりました。
わ

wa.ka.ri.ma.shi.ta.

我知道了。

例・句

例 検査を受けます。

ke.n.sa.o.u.ke.ma.su.

接受檢查。

例 コートを脱いでください。

ko.o.to.o.nu.i.de.ku.da.sa.i.

請脫掉外套。

相關單字

立つ 站	ta.tsu.
座る 座	su.wa.ru.
寝る 睡	ne.ru.
ベッド 床	be.ddo.
椅子 椅子	i.su.

6
看病篇

▶抽血檢查

血液検査をします
けつえきけんさ

ke.tsu.e.ki.ke.n.sa.o.shi.ma.su.

說明 去醫院看病時有時會需要驗血,而日文的抽血檢查就是這樣表示。

◆會‧話◆

Ⓐ すみません、今から何をしますか?

su.mi.ma.se.n./i.ma.ka.ra.na.ni.o.shi.ma.su.ka.

不好意思,現在要做甚麼?

Ⓑ 後で血液検査をしますので、そこの待合室でお待ちください。

a.to.de.ke.tsu.e.ki.ke.n.sa.o.shi.ma.su.no.de./so.ko.no.ma.chi.a.i.shi.tsu.de.o.ma.chi.ku.da.sa.i.

等下要抽血檢查,所以請先到那邊的等候室等待。

Ⓐ はい、分かりました。

ha.i./wa.ka.ri.ma.shi.ta.

好,我知道了。

∙ 例 ∙ 句 ∙

🖋 血液検査を受けます。

ke.tsu.e.ki.ke.n.sa.o.u.ke.ma.su.

接受驗血。

🖋 結果はいつ分かりますか？

ke.kka.wa.i.tsu.wa.ka.ri.ma.su.ka.

結果甚麼時候會知道？

相關單字

血液 血液	ke.tsu.e.ki.
O 型 O型	o.o.ga.ta.
A 型 A型	e.e.ga.ta.
B 型 B型	bi.i.ga.ta.
AB 型 AB型	e.e.bi.i.ga.ta.
検尿 驗尿	ke.n.nyo.u.

6
看病篇

▶ 量體溫

体温を測ります
たいおん はか

ta.i.o.n.o.ha.ka.ri.ma.su.

說明 日文裡「測る」是測量意思。

•會•話•

A どうしましたか？

do.u.shi.ma.shi.ta.ka.

你怎麼了嗎？

B 頭が痛くて咳が止まらないです。
あたま いた せき と

a.ta.ma.ga.i.ta.ku.te.se.ki.ga.to.ma.ra.na.i.de.su.

頭很痛還咳個不停。

A 風邪ですね。ちょっと体温を測ります
かぜ たいおん はか
よ。

ka.ze.de.su.ne./cho.tto.ta.i.o.n.o.ha.ka.ri.ma.su.
yo.

你感冒了喔！現在來量一下體溫。

B はい。

ha.i.

好。

例・句

例 <ruby>熱<rt>ねつ</rt></ruby>があります。

ne.tsu.ga.a.ri.ma.su.

有發燒。

例 <ruby>熱<rt>ねつ</rt></ruby>はありません。

ne.tsu.wa.a.ri.ma.se.n.

沒有發燒。

相關單字

<ruby>体温計<rt>たいおんけい</rt></ruby> 體溫計	ta.i.o.n.ke.i.
<ruby>体重計<rt>たいじゅうけい</rt></ruby> 體重計	ta.i.ju.u.ke.i.
<ruby>症状<rt>しょうじょう</rt></ruby> 症狀	sho.u.jo.u.
<ruby>熱<rt>ねつ</rt></ruby> 發燒	ne.tsu.
<ruby>注射<rt>ちゅうしゃ</rt></ruby> 打針	chu.u.sha.
<ruby>解熱剤<rt>げねつざい</rt></ruby> 退燒藥	ge.ne.tsu.za.i.

6
看病篇

▶ 發燒

熱があります

ne.tsu.ga.a.ri.ma.su.

說明 「熱」是熱、熱度的意思，也指生病的發燒之意。

・會・話・

Ⓐ 私、風邪を引きました。

wa.ta.shi./ka.ze.o.hi.ki.ma.shi.ta.

我感冒了。

Ⓑ 体温を測りましたか？

ta.i.o.n.o.ha.ka.ri.ma.shi.ta.ka.

有量體溫了嗎？

Ⓐ 測りました。三十五度くらいです。

ha.ka.ri.ma.shi.ta./sa.n.ju.u.go.do.ku.ra.i.de.su.

量了，三十五度左右。

Ⓑ それなら、熱はありませんね。

so.re.na.ra./ne.tsu.wa.a.ri.ma.se.n.ne.

這樣的話，沒有發燒呢。

例・句

例 解熱剤をください。

ge.ne.tsu.za.i.o.ku.da.sa.i.

請給我退燒藥。

例 熱が下がりました。

ne.tsu.ga.sa.ga.ri.ma.shi.ta.

退燒了。

相關單字

病気 生病	byo.u.ki.
鼻水 鼻水	ha.na.mi.zu.
平熱 正常體溫	he.i.ne.tsu.
扁桃腺 扁桃腺	he.n.to.u.se.n.
喉 喉嚨	no.do.
腫れる 腫脹	ha.re.ru.

6
看病篇

MP3 129

▶這個藥的服用方法是？

この薬の飲み方は？
くすり の かた

ko.no.ku.su.ri.no.no.mi.ka.ta.wa.

說明 日文中吃藥的動詞是用喝「飲む」這個字來表示。

•會•話•

Ⓐ すみません、この薬の飲み方は？
くすり の かた

su.mi.ma.se.n./ko.no.ku.su.ri.no.no.mi.ka.ta.wa.

不好意思，這個藥的服用方法是？

Ⓑ 一日三回です。食後に飲んでください。
いちにちさんかい しょくご の

い。

i.chi.ni.chi.sa.n.ka.i.de.su./sho.ku.go.ni.no.n.de.
ku.da.sa.i.

一天三次，飯後服用。

Ⓐ 分かりました。ありがとうございます。
わ

す。

wa.ka.ri.ma.shi.ta./a.ri.ga.to.u.go.za.i.ma.su.

我知道了，謝謝。

Ⓑ どういたしまして。

do.u.i.ta.shi.ma.shi.te.

不客氣。

例・句

例 薬を買います。

ku.su.ri.o.ka.i.ma.su.

買藥。

例 処方箋をもらいます。

sho.ho.u.se.n.o.mo.ra.i.ma.su.

拿到處方箋。

相關單字

塗り薬 藥膏	nu.ri.gu.su.ri.
目薬 眼藥水	me.gu.su.ri.
粉薬 藥粉	ko.na.gu.su.ri.
水薬 藥水	su.i.ya.ku.
カプセル 膠囊	ka.pu.se.ru.
処方箋 處方箋	sho.ho.u.se.n.

6 看病篇

▶多久會好？

どのくらいでよくなりますか?

do.no.ku.ra.i.de.yo.ku.na.ri.ma.su.ka.

說明 指用來詢問自己的病情需要多久才會好轉、治癒的意思。

・會・話・

A 先生、私はどのくらいでよくなりますか？

se.n.se.i./wa.ta.shi.wa.do.no.ku.ra.i.de.yo.ku.na.ri.ma.su.ka.

醫生，我要多久才會痊癒？

B ゆっくり休んだら、一週間くらいでよくなりますよ。

yu.kku.ri.ya.su.n.da.ra./i.sshu.u.ka.n.ku.ra.i.de.yo.ku.na.ri.ma.su.yo.

好好休息的話，差不多一星期就會好了唷。

A 分かりました。

wa.ka.ri.ma.shi.ta.

我知道了。

例・句

例 病気が治りました。

byo.u.ki.ga.na.o.ri.ma.shi.ta.

治好病了。

例 治療を受けます。

chi.ryo.u.o.u.ke.ma.su.

接受治療。

相關單字

患者 患者	ka.n.ja.
治す 治療	na.o.su.
治療 治療	chi.ryo.u.
入院 住院	nyu.u.i.n.
退院 出院	ta.i.i.n.
リハビリ 復健	ri.ha.bi.ri.

6 看病篇

MP3 131

▶請好好休息

ゆっくり休んでください

yu.kku.ri.ya.su.n.de.ku.da.sa.i.

說明 日文的「ゆっくり」是有指慢慢、充分地的意思。

・會・話・

A 酷い風邪を引きましたね。

hi.do.i.ka.ze.o.hi.ki.ma.shi.ta.ne.

患了很嚴重的感冒呢。

B うん…体がだるいです。

u.n./ka.ra.da.ga.da.ru.i.de.su.

嗯…感覺身體很疲倦。

A この二、三日ゆっくり休んでください。

ko.no.ni.sa.n.ni.chi.yu.kku.ri.ya.su.n.de.ku.da.
sa.i.

這兩三天請好好地休息。

B 分かりました。

wa.ka.ri.ma.shi.ta.

知道了。

例・句

例 ゆっくり寝てください、

yu.kku.ri.ne.te.ku.da.sa.i.

請好好地睡。

例 早く休んでください。

ha.ya.ku.ya.su.n.de.ku.da.sa.i.

請早點休息。

相關單字

休憩 休息	kyu.u.ke.i.
寝る 睡	ne.ru.
静養 靜養	se.i.yo.u.
疲れる 疲累	tsu.ka.re.ru.
苦しい 難受的	ku.ru.shi.i.

6 看病篇

▶可以幫我叫救護車嗎？

救急車を呼んでいただけませんか?

kyu.u.kyu.u.sha.o.yo.n.de.i.ta.da.ke.ma.se.n.ka.

說明 為緊急狀況的用語，用來向旁人求救叫救護車時。

會‧話

A どうしたんですか？

do.u.shi.ta.n.de.su.ka.

怎麼了嗎？

B 友達が怪我をしましたので、救急車を呼んでいただけませんか?

to.mo.da.chi.ga.ke.ga.o.shi.ma.shi.ta.no.de./kyu.u.kyu.u.sha.o.yo.n.de.i.ta.da.ke.ma.se.n.ka.

我朋友受傷了，可以幫我叫救護車嗎？

A はい、分かりました。

ha.i./wa.ka.ri.ma.shi.ta.

好的，我知道了。

例・句

例 医者を呼んでください。
い しゃ　　よ

i.sha.o.yo.n.de.ku.da.sa.i.

請幫我叫醫生。

例 怪我人がいるんです。
け が にん

ke.ga.ni.n.ga.i.ru.n.de.su.

有受傷的人在。

相關單字

事故 じ こ 事故	ji.ko.	
緊急 きんきゅう 緊急	ki.n.kyu.u.	
担架 たん か 擔架	ta.n.ka.	
入院 にゅういん 住院	nyu.u.i.n.	
手術 しゅじゅつ 手術	shu.ju.tsu.	

6
看病篇

▶需要動手術嗎？

手術が必要ですか?

しゅじゅつ　　ひつよう

shu.ju.tsu.ga.hi.tsu.yo.u.de.su.ka.

說明 日文裡「必要」是指需要、必須的意思，因此詢問需不需要甚麼時就可以套用此句型。

・會・話・

A 先生、私は手術が必要ですか?
せんせい　わたし　しゅじゅつ　ひつよう

se.n.se.i./wa.ta.shi.wa.shu.ju.tsu.ga.hi.tsu.yo.u.
de.su.ka.

醫生，我需要動手術嗎？

B 大した病気ではありませんから、手術
たい　びょうき　　　　　　　　　しゅじゅつ
は要りませんよ。
い

ta.i.shi.ta.byo.u.ki.de.wa.a.ri.ma.se.n.ka.ra./shu.
ju.tsu.wa.i.ri.ma.se.n.yo.

並不是甚麼大病，所以不用手術。

A そうですか、分かりました。
わ

so.u.de.su.ka./wa.ka.ri.ma.shi.ta.

這樣啊，我知道了。

例・句

例 入院は必要ですか？

nyu.u.i.n.wa.hi.tsu.yo.u.de.su.ka.

需要住院嗎？

例 手術を受けます。

shu.ju.tsu.o.u.ke.ma.su.

接受手術。

相關單字

骨折 骨折	ko.sse.tsu.
脱臼 脱臼	da.kkyu.u.
注射 打針	chu.u.sha.
麻酔 麻醉	ma.su.i.
杖 拐杖	tsu.e.
車椅子 輪椅	ku.ru.ma.i.su.

6
看病篇

MP3 134

▶甚麼時候可以出院?

いつ退院できますか?

i.tsu.ta.i.i.n.de.ki.ma.su.ka.

說明 「いつ」就是指何時、甚麼時候的意思。而「できる」就是能夠、可以的意思。

・會・話・

A 先生、私はいつ退院できますか?

se.n.se.i./wa.ta.shi.wa.i.tsu.ta.i.i.n.de.ki.ma.su. ka.

醫生,我甚麼時候可以出院呢?

B この調子なら、日曜日に退院できますよ。

ko.no.cho.u.shi.na.ra./ni.chi.yo.u.bi.ni.ta.i.i.n. de.ki.ma.su.yo.

照這個狀況的話,星期天就可以出院了喔。

A 本当ですか?よかった!

ho.n.to.u.de.su.ka./yo.ka.tta.

真的嗎?太好了呢!

B ええ、よかったですね。

e.e./yo.ka.tta.de.su.ne.

嗯,真是太好了呢。

例・句

例 入院します。

nyu.u.i.n.shi.ma.su.

住院。

例 やっと退院しました。

ya.tto.ta.i.i.n.shi.ma.shi.ta.

終於出院了。

相關單字

入院 住院	nyu.u.i.n.
リハビリ 復健	ri.ha.bi.ri.
様子 情況	yo.u.su.
手術費用 手術費用	shu.ju.tsu.hi.yo.u.
手続き 手續	te.tsu.zu.ki.
申込書 申請書	mo.u.shi.ko.mi.sho.

6
看病篇

PART 7

綜合狀況篇

▶這個是甚麼？

これは何ですか？

ko.re.wa.na.n.de.su.ka.

說明 可以利用此句來詢問沒看過的東西的名稱及其用途。

•會•話•

Ⓐ すみません、これは何ですか？

su.mi.ma.se.n./ko.re.wa.na.n.de.su.ka.

不好意思，請問這個是甚麼？

Ⓑ これは絵馬です。願い事を書くものです。

ko.re.wa.e.ma.de.su./ne.ga.i.go.to.o.ka.ku.mo.no.de.su.

這個是繪馬，是寫上自己的願望的東西。

Ⓐ なるほど、分かりました。

na.ru.ho.do./wa.ka.ri.ma.shi.ta.

原來如此，我知道了。

•例•句•

例 この食べ物の名前は何ですか？

ko.no.ta.be.mo.no.no.no.na.ma.e.wa.na.n.de.su.ka.

這個食物叫甚麼名字？

⑦ 綜合狀況篇

背包客 日語便利句 ^{基本要會的}

例 これの名前は何ですか？

ko.re.no.no.na.ma.e.wa.na.n.de.su.ka.

這個東西的名字是甚麼？

(相關單字)

使い方	tsu.ka.i.ka.ta.
使用方法	
読み方	yo.mi.ka.ta.
念法	
説明	se.tsu.me.i.
説明	
名物	me.i.bu.tsu.
名產	
お土産	o.mi.ya.ge.
伴手禮	

► 廁所在哪裡？

トイレはどこですか?

to.i.re.wa.do.ko.de.su.ka.

說明 想要詢問～在哪裡時，可以用「～はどこですか？」來表示。

會·話

Ⓐ すみません、トイレはどこですか？
su.mi.ma.se.n./to.i.re.wa.do.ko.de.su.ka.
不好意思，請問廁所在哪裡？

Ⓑ カウンターの右です。
ka.u.n.ta.a.no.mi.gi.de.su.
在櫃台的右邊。

Ⓐ 分かりました。
wa.ka.ri.ma.shi.ta.
我明白了。

例·句

例 ちょっとトイレに行ってきます。
cho.tto.to.i.re.ni.i.tte.ki.ma.su.
稍微去一下廁所。

⑦ 綜合狀況篇

例トイレに行きたいです。

to.i.re.ni.i.ki.ta.i.de.su.

想要上廁所。

相關單字

駅 えき 車站	e.ki.
銀行 ぎんこう 銀行	gi.n.ko.u.
郵便局 ゆうびんきょく 郵局	yu.u.bi.n.kyo.ku.
コンビニ 便利商店	ko.n.bi.ni.
スーパー 超市	su.u.pa.a.
本屋さん ほんや 書店	ho.n.ya.sa.n.

137

> ▶麻煩將台幣兌換成日幣

台湾元を日本円に両替して ください

ta.i.wa.n.ge.n.o.ni.ho.n.e.n.ni.ryo.u.ga.e.shi.te.
ku.da.sa.i.

說明 日文中的「両替」就是兌換貨幣的意思。

・會・話・

A すみません、この台湾元を日本円に 両替してください。

su.mi.ma.se.n./ko.no.ta.i.wa.n.ge.n.o.ni.ho.ne.
n.ni.ryo.u.ga.e.shi.te.ku.da.sa.i.
不好意思，麻煩把這台幣換成日幣。

B はい、全部で三万元ですね。

ha.i./ze.n.bu.de.sa.n.ma.n.ge.n.de.su.ne.
好的，總共是三萬元對吧？

A はい。
ha.i.
對的。

B 分かりました。少々お待ちください。

wa.ka.ri.ma.shi.ta./sho.u.sho.u.o.ma.chi.ku.da.
sa.i.
我知道了，請稍等一下。

7 綜合狀況篇

背包客 基本 要會的
日語 便利句

・例・句・

例 手数料はいくらですか？

te.su.u.ryo.u.wa.i.ku.ra.de.su.ka.

手續費要多少錢？

例 細かいのに両替してください。

ko.ma.ka.i.no.ni.ryo.u.ga.e.shi.te.ku.da.sa.i.

請換成小鈔。

相關單字

銀行 銀行	gi.n.ko.u.
銀行員 銀行櫃員	gi.n.ko.u.i.n.
手数料 手續費	te.su.u.ryo.u.
為替レート 匯率	ka.wa.se.re.e.to.
外貨 外幣	ga.i.ka.
紙幣 紙鈔	shi.he.i.

138

▶可以請你幫我拍張照嗎？

写真を撮ってもらえませんか?

sha.shi.n.o.to.tte.mo.ra.e.ma.se.n.ka.

說明「写真を撮る」是拍照的意思。而在旅遊時，詢問他人是否可以幫自己拍照時，可以用此句來表達。

•會•話•

🅐 すみません、写真を撮ってもらえませんか?

su.mi.ma.se.n./sha.shi.n.o.to.tte.mo.ra.e.ma.se.n.ka.

不好意思，可以幫我拍張照嗎？

🅑 いいですよ。はい、チーズ。

i.i.de.su.yo./ha.i./chi.i.zu.

沒問題。來，笑一個。

🅐 ありがとうございました。

a.ri.ga.to.u.go.za.i.ma.shi.ta.

謝謝你。

🅑 どういたしまして。

do.u.i.ta.shi.ma.shi.te.

不客氣。

例・句

⊙ 写真を撮っていただけないでしょうか？

sha.shi.n.o.to.tte.i.ta.da.ke.na.i.de.sho.u.ka.

是否可以請您幫忙拍張照嗎？（較禮貌説法）

⊙ 写真を撮ってもらっていいですか？

sha.shi.n.o.to.tte.mo.ra.tte.i.i.de.su.ka.

可以幫忙拍張照片嗎？

相關單字

カメラ 相機	ka.me.ra.
デジタルカメラ 數位相機	de.ji.ta.ru.ka.me.ra.
写真 照片	sha.shi.n.
フィルム 底片	fi.ru.mu.
携帯電話 手機	ke.i.ta.i.de.n.wa.
スマートフォン 智慧型手機	su.ma.a.to.fo.n.

139

▶這裡可以拍照嗎？

ここは写真が撮れますか?

ko.ko.wa.sha.shi.n.ga.to.re.ma.su.ka.

說明 到美術館或是其他店內等想要拍照紀念時，最好先用此句詢問工作人員是否可以拍照以示禮貌。

・會・話・

Ⓐ すみませんが、ここは写真が撮れますか？

su.mi.ma.se.n.ga./ko.ko.wa.sha.shi.n.ga.to.re.ma.su.ka.

不好意思，請問這裡可以拍照嗎？

Ⓑ ここは写真が撮れますよ。

ko.ko.wa.sha.shi.n.ga.to.re.ma.su.yo.

這裡可以拍照喔。

Ⓐ 分かりました。

wa.ka.ri.ma.shi.ta.

我明白了。

⑦ 綜合狀況篇

·例·句·

例 ここは写真撮影禁止です。

ko.ko.wa.sha.shi.n.sa.tsu.e.i.ki.n.shi.de.su.

這裡禁止拍照攝影。

例 館内は写真禁止です。

ka.n.na.i.wa.sha.shi.n.ki.n.shi.de.su.

館內禁止拍照。

相關單字

ルール 規定	ru.u.ru.
撮影 攝影、拍照	sa.tsu.e.i.
ビデオ 影像、錄影	bi.de.o.
フラッシュ 閃光	fu.ra.sshu.
飲食禁止 禁止飲食	i.n.sho.ku.ki.n.shi.
通話禁止 禁止通話	tsu.u.wa.ki.n.shi.

▶我的～不見了

私の～がなくなりました
わたし

wa.ta.shi.no./ga.na.ku.na.ri.ma.shi.ta.

說明 旅遊時，發現自己的東西不見時等緊急狀況，就以此句向工作人員或他人求救。

•會•話•

Ⓐ すみません、私の財布がなくなりました！
わたし　　さいふ

su.mi.ma.se.n./wa.ta.shi.no.sa.i.fu.ga.na.ku.na.
ri.ma.shi.ta.

不好意思，我的錢包不見了！

Ⓑ どこでなくしたのか分かりますか？
わ

do.ko.de.na.ku.shi.ta.no.ka.wa.ka.ri.ma.su.ka.

請問知道是在哪裡弄丟的嗎？

Ⓐ 二階のレストランです。
ふたかい

ni.ka.i.no.re.su.to.ra.n.de.su.

在二樓的餐廳。

Ⓑ 分かりました。係員に連絡しますので、
わ　　　　　　　かかりいん　れんらく
少々お待ちください。
しょうしょう　ま

wa.ka.ri.ma.shi.ta./ka.ka.ri.i.n.ni.re.n.ra.ku.shi.
ma.su.no.de./sho.u.sho.u.o.ma.chi.ku.da.sa.i.

我明白了。請稍等一下，我聯絡一下相關人員。

⑦ 綜合狀況篇

背包客 基本 愛會的
日語便利句

·例·句·

例 私の財布が見つかりません。

wa.ta.shi.no.sa.i.fu.ga.mi.tsu.ka.ri.ma.se.n.

我找不到我的錢包。

例 財布がなくなって困っています。

sa.i.fu.ga.na.ku.na.tte.ko.ma.tte.i.ma.su.

錢包不見了我現在非常困擾。

(相關單字)

カバン 包包	ka.ba.n.
荷物 行李	ni.mo.tsu.
携帯電話 手機	ke.i.ta.i.de.n.wa.
鍵 鑰匙	ka.gi.
パスポート 護照	pa.su.po.o.to.
クレジットカード 信用卡	ku.re.ji.tto.ka.a.do.

▶迷路了

道に迷ってしまいました

mi.chi.ni.ma.yo.tte.shi.ma.i.ma.shi.ta.

說明 日文「迷う」有迷失方向的意思，而迷路就用「道に迷う」來表示。

•會•話•

Ⓐ すみません、私は道に迷ってしまいました。上野駅はどこですか？

su.mi.ma.se.n./wa.ta.shi.wa.mi.chi.ni.ma.yo.tte.
shi.ma.i.ma.shi.ta./u.e.no.e.ki.wa.do.ko.de.su.
ka.

不好意思我迷路了，請問上野車站在哪裡呢？

Ⓑ 上野駅ですね。あの方向ですよ。

u.e.no.e.ki.de.su.ne./a.no.ho.u.ko.u.de.su.yo.

上野車站嗎？在那個方向喔。

Ⓐ 分かりました。ありがとうございます。

wa.ka.ri.ma.shi.ta./a.ri.ga.to.u.go.za.i.ma.su.

我知道了，謝謝。

Ⓑ どういたしまして。

do.u.i.ta.shi.ma.shi.te.

不客氣。

❼ 綜合狀況篇

例・句

例 駅へはどう行ったらいいですか？

e.ki.e.wa.do.u.i.tta.ra.i.i.de.su.ka.

車站要怎麼去才好呢？

例 ここはどこですか？

ko.ko.wa.do.ko.de.su.ka.

這裡是哪裡？

相關單字

迷子 迷路的孩子	ma.i.go.
地図 地圖	chi.zu.
信号 紅綠燈	shi.n.go.u.
交番 警察局	ko.u.ba.n.
横断歩道 斑馬線	o.u.da.n.ho.do.u.
歩道橋 天橋	ho.do.u.kyo.u.

▶這裡是地圖上的哪裡？

ここは地図のどこですか?

ko.ko.wa.chi.zu.no.do.ko.de.su.ka.

說明 有帶地圖卻搞不清楚自己所在的方位時，就可以利用此句型向路人詢問。

・會・話・

Ⓐ すみません、ここは地図のどこですか？

su.mi.ma.se.n./ko.ko.wa.chi.zu.no.do.ko.de.su.ka.

不好意思，這裡是地圖上的哪裡？

Ⓑ えーと、ちょっと地図を見せてください。

e.e.to./cho.tto.chi.zu.o.mi.se.te.ku.da.sa.i.

嗯…借我看一下地圖。

Ⓐ はい。

ha.i.

好的。

Ⓑ 今はここですよ。

i.ma.wa.ko.ko.de.su.yo.

現在在這裡唷。

⑦
綜合狀況篇

例・句

例 ここはどこですか？

ko.ko.wa.do.ko.de.su.ka.

這裡是哪裡？

例 私たちはどこにいますか？

wa.ta.shi.ta.chi.wa.do.ko.ni.i.ma.su.ka.

我們在哪裡？

相關單字

道 道路	mi.chi.
町 城鎮	ma.chi.
建築物 建築物	ke.n.chi.ku.bu.tsu.
店 店家	mi.se.
右 右邊	mi.gi.
左 左邊	hi.da.ri.

▶這裡有名的東西是甚麼？

ここの名物は何ですか？

ko.ko.no.me.i.bu.tsu.wa.na.n.de.su.ka.

說明 「名產」是指特產、名產的意思。如果當不知道要買甚麼伴手禮好時，就可用此句型來詢問推薦品。

會・話

🅐 お土産を買いたいですが、ここの名物は何ですか？

o.mi.ya.ge.o.ka.i.ta.i.de.su.ga./ko.ko.no.me.i.bu.tsu.wa.na.n.de.su.ka.

我想要買伴手禮，請問這裡有名的東西是甚麼？

🅑 ここの名物はこれです。白い恋人ですよ。

ko.ko.no.me.i.bu.tsu.wa.ko.re.de.su./shi.ro.i.ko.i.bi.to.de.su.yo.

這裡的特產是這個，白色戀人巧克力唷。

🅐 そうですか、分かりました。

so.u.de.su.ka./wa.ka.ri.ma.shi.ta.

這樣啊，我知道了。

7 綜合狀況篇

背包客 日語便利句

例・句

例 一番有名なものは何ですか？

i.chi.ba.n.yu.u.me.i.na.mo.no.wa.na.n.de.su.ka.

這裡最有名的是甚麼東西？

例 お土産としてお勧めのものはあります
か？

o.mi.ya.ge.to.shi.te.o.su.su.me.no.mo.no.wa.a.
ri.ma.su.ka.

有推薦甚麼當做伴手禮的嗎？

相關單字

お土産 伴手禮	o.mi.ya.ge.
名産 名産	me.i.sa.n.
特別 特別	to.ku.be.tsu.
有名 有名	yu.u.me.i.
人気 人氣、受歡迎	ni.n.ki.
記念 紀念	ki.ne.n.

三合一即學即會

趣味は音楽鑑賞です。
宜しくお願いします。料理が大好きです。

ONE DAY

1 一天單字

日文達人就是我

超速！
語彙力レベルアップ

出國旅遊必備

今日(きょう)はどうも風邪(かぜ)を引(ひ)いてしまったみたいです。
あまり無理(むり)をしないで、お大事(だいじ)にしてください。

ONE DAY
5 一天分鐘

輕鬆開心說日語

超速！
日本語会話マスター

最快速的 日語50音 學習捷徑

中文發音輔助
用熟悉的中文發音貼近日語

羅馬標音加強
羅馬標音以利快速查詢

實用單字立即記憶
學50音同時增加字彙庫

應用短句觸類旁通
學習用日語進行會話

豆知識
補充日本文化的特殊現象，
體會日本社會零時差

永續圖書
線上購物網

www.foreverbooks.com.tw

◆ 加入會員即享活動及會員折扣。

◆ 每月均有優惠活動，期期不同。

◆ 新加入會員三天內訂購書籍不限本數金額，
　即贈送精選書籍一本。（依網站標示為主）

專業圖書發行、書局經銷、圖書出版

永續圖書總代理：
五觀藝術出版社、培育文化、棋茵出版社、犬拓文化、讀
品文化、雅典文化、大億文化、璞申文化、智學堂文化、
語言鳥文化

活動期間內，永續圖書將保留變更或終止該活動之權利及最終決定權。